タクミくんシリーズ

風と光と月と犬

ごとうしのぶ

18329

角川ルビー文庫

CONTENTS

口絵・本文イラスト／おおや和美

本文デザイン／納　由香里

ダブルバインド

ここ、私立祠堂《しどう》学院高等学校は人里離れた山の中腹にぽつんと、それも斜面にへばりつくように建っている全寮制の男子校である。創設が昭和ヒトケタという長い歴史と、ぐるりを雑木林に囲まれた（れっきとした私有林である）自然の豊かさという点では、国内のどの高校にも引けを取らないであろう。

物音ひとつしないシンと静まり返った放課後の生徒会室、開け放したままの扉の陰から野沢《のざわ》政貴《まさたか》が顔を覗《のぞ》かせた。

「あれ三洲《みす》、ひとりで残業？」

いつでもどんな時でも柔和な笑顔を絶やさない祠堂学院生ご自慢の生徒会長三洲新《あらた》が、

「野沢こそ、部活は？」

にこやかに応じる。

「終わったよ。もう六時になりかけてる」

野沢が腕時計の面をこちらに見せる。

ドアから離れたこの距離では、ほら、と面を見せられたとしても、ちいさな腕時計の針の位置を正確に読み取れはしないのだが、

「——そうか、もうそんな時間なんだ」

そのまま受けて、だが、やるべきことはまだまだたくさん山盛りで、では帰ろうという気には到底なれない。むしろ今日中にできるだけたくさん片付けてしまいたかった。——ありがたいのか迷惑なのか、やたらと長かった先日までのゴールデンウィーク、おかげで事務処理の皺寄せがどっさりと発生していたのである。

「時間を忘れて作業に没頭できるなんて、さすがの集中力だね」

「お世辞はいいよ、用件はなんだい？」

三洲が笑う。

今のはお世辞ではなかったが、

「折り入って、三洲に頼みがあるんだ」

と、野沢は続けた。

「——文化祭の対抗劇に、文化部へ、運動部の真行寺《しんぎょうじ》の参加を要請？」

「そうなんだ。……どうかな」

「去年の高林《たかばやし》のリベンジとして?」

「……まあ、そういうこと、かな?」

昨年の文化祭、文化部に在籍している二年生の高林泉《いずみ》のあまりの美少女っぷりと話題性に目を付けた運動部が(なにせ高林泉は一年生の時、文化部の先輩たちから嵐のような誘いを受けたのにもかかわらず劇の出演を断固拒否し、昨年も、劇には出ないと拒否していた)、その高林がベタ惚れしている運動部在籍の吉沢道雄《よしざわみちお》を先輩権限で利用して、高林の運動部の劇の出演を見事取り付けたのだがその後、相手役は吉沢だとウソをついたのが早々にバレ(当然だ。すぐに劇の練習が始まったのだから)口約違反だ騙されたと高林がとてつもなく暴れたのであった。真行寺の機転(三洲の入れ知恵)により、どうにかめでたく劇は終了し、目論《もくろ》みどおり昨年は運動部が勝利したのだが、やり方がやり方だっただけに遺恨は現在も尾を引いている。その時の相手役、王子様をやったのが、高林泉のお姫様に並んでひけを取らないルックスの真行寺兼満《かねみつ》だったのである。

昨年の高林、対して、今年の真行寺。引き入れる方法までほぼ(三洲は文化部所属ではないので、相手の弱みを利用するという点で)同じである。

——正しくリベンジと言うことか。

「それで双方貸し借りなしってことかい?」

「まあ、そうだね」

「そうか……」

また劇に、真行寺を出すのか。

「協力してもらえないかな、三洲？」

「協力って？　運動部への根回しのことかい？　それとも——」

「根回ししてもらえたら助かるけど、それはこっちでもどうにかなりそうだからね」

——だとしたら、

「真行寺に了承を取り付けてもらえないかな」

やはり、そっちか。

「どうだろう？　頼めるかな？」

穏やかな風情の同級生、

「理屈としては、よくわかるよ」

愛想よく応えながら、この人選は厄介だな、と、思っていた。「去年の高林の憤慨っぷりはしばらく語り種になったくらいだからね」

文化部部長代表としてここへ送り込まれてきたのであろう、野沢政貴。

創部されたばかりの吹奏楽部の部長として、一年生の頃から献身的にその座を務めている野沢に、三洲は一目置いているのだ。

「でも野沢、俺が言っても真行寺が引き受ける保証はどこにもないよ」

「うん、そうかもしれないけれど、ダメもとでかまわないから頼めないかな？」

故に、無下に断れない。

「仕方ないな。飽くまでダメもとだよ？　それでいい？」

「いいよ、良かった。ありがとう」

野沢がホッと笑った。「それで思い出したけど、去年、王子様役の真行寺目当ての女の子たちが控え室にまで押しかけて来たんだって？」

――ああ。

「らしいね」

そんなことも、あったな。

「モテるなあ、さすが真行寺」

「ははは、あいつ、外見だけは良いからな」

笑う三洲に、

「その場に居合わせた三洲としてはどうなんだい？　三洲に片思いを公言してる真行寺のことまるきり相手にしてないけれど、さすがに女の子たちに囲まれてたら気が気じゃない？　それとも、やっぱりまるきり気にならない？」

「気になるわけがないだろう？　と言うか、俺が居合わせてたって、どうして——？」

「体育祭の準備の手伝いに、人手が足りないからと実行委員でもない真行寺が駆り出されたのは、控え室へ勧誘に三洲が現れたものだから、面白がった周囲の上級生たちに散々はやされてその流れでやらされたって聞いてるから」

ほら。こういうところも侮《あなど》れない。

本当に、厄介だな。

「うーん、どうだったかな？　居合わせてたかもしれないが、その辺りのことはあまり覚えてないな。なにせ文化祭の片付けと体育祭の準備とに立て続けに追われてて、とにかくひどく忙しかったからね」

「ああ、そうか、そうだったね」

優秀なだけに必要以上に多忙になってしまう生徒会長、「みんなで三洲に頼り過ぎだと承知だけれど、申し訳ないけど今年もよろしく、三洲会長」

「別に、頼り過ぎということはないよ。俺だって、役に相当のことをしているだけだし」

人当たりの良い三洲の笑顔にやんわりと返されて、野沢も微笑む。

「それじゃ、真行寺の件、頼むね」

生徒会室から出て行く野沢の後ろ姿に、知らず溜め息が洩《も》れた。

――〝ダメもと〟なんて、とんでもない方便だ。

自分が言えば、真行寺はおそらく（それをネタにどんなに運動部の先輩たちから苛《いじ》められようとも）断ったりはしないだろう。野沢たちがそこまで見越して三洲に頼んだのかは定かでないが、三洲にはわかる。――わかるからこそ、腹立たしい。

読みかけていた書類を手付かずのまま、ぱさりと裏返す。どんなに眺めていても、文字がちっとも頭に入って来なかった。

「効率が悪過ぎる」

もう今日は、作業をやめて帰った方が良さそうだ。

そんなに働いてはいないはずなのに、ひどく疲れた感じがした。

生徒会室の戸締まりを済ませ、暗い廊下へ出る。この校舎にはおそらくもう、三洲ひとりしか残ってはいない。

自分が歩くためだけに廊下の電気を点けるのも不経済な気がして（廊下の窓から、外を明るく照らす街灯の光がそこそこ差し込んでいて、まったくの暗闇というわけでもないので）三洲は無灯火のまま廊下を階段へ向かう。

その時、賑やかな話し声が外から聞こえて来た。

部活帰りの運動部の学生たちであろう、元気な話し声と笑い声。

なんの気なしにガラス窓から下を覗くと、数人の学生たちに真行寺の姿をみつけた。

部活の仲間であり同級生である友人たちと屈託のない笑顔で、どんな話をしているのやら、やたら大騒ぎで盛り上がっている。

「……下級生はお気楽なものだな」

呟いて、視線を外す。「——つっ」

胃の辺りがしくりと痛む。

だが気にせずに階段を一階まで降りきった時、角からいきなり人影が現れた。

「やっぱ、アラタさんだった！」

息せききった真行寺が、目の前に立っていた。

——驚いた。

「さっき、下通った時、生徒会室真っ暗で、電気点いてなかったから、とっくに帰ったのかなって、ちょっとがっくしきてたんすけど、廊下に人影が見えた気がして、アラタさんだった気がして、それで俺——」

驚いた。

無意識に、胃の辺りに手を当てる。

「——アラタさん?」

ウソのように、痛みが掻《か》き消えていた。

「あっ、すんません、俺、ひとりでしゃべり過ぎ? テンション高過ぎ?」

「いいよ、別に」

真行寺がウルサイのはいつものことだとからかいつつ、「そうだ真行寺、今年の文化祭、対抗劇に文化部として出ろよ」

言った途端に、また胃が痛んだ。

——まったく。

「えっ? それマジっすか?」

げげげ。と、真行寺が身を竦《すく》ませる。

「——出ないとでも?」

「や! やー、うー、あー、……どうしてもっすか?」

涙目で真行寺が訊く。

「運動部の部長たちには俺が根回ししてやるから」

「うー、つまり、どうしてもっすね……?」

「嫌か?」

訊かれて、真行寺がつと黙る。

じっと三洲を見下ろして、

「でも俺、選択の余地、ないんすよね？」

逆に訊く。

「ああ、ないよ」

「ならやります！」

三洲が根回しするのなら、表面上はきっと穏便に話は進むのだ。だが、蔭では間違いなく、自分は〝裏切り者〟のレッテルを貼られ先輩たちから血祭りにあげられてしまうのだ。しくしく。――いいけどさ、アラタさんの頼みなら、どんな無茶でも聞くけどさ。

「俺、今度は何の役、やるですか？」

「さあ？」

小首を傾げた三洲は、「興味ないから訊かなかったよ」

応えて、真行寺の脇を抜ける。

胃が痛い。

――断れよ、真行寺。

だが、口にはしない。

「出る以上、みっともない真似はするなよ」

「わかってます！　アラタさんのために、全力で頑張ります！」

「――俺は関係ない」

「ええええーっ!?　だって、そーゆーことじゃないっすかあ！　俺としては、そーゆーことじゃないっすかあ！　俺は、アラタさんのためにやるっすよ!?」

「恩着せがましいな、お前はまったく」

笑ってしまう。

こんなに簡単に笑えるのに、胃の痛みは消えなかった。

風と光と月と犬

「いまはむかし、たけとりのおきなといふ、いうもの、ありけり。……んーと、のやまにまじりてたけをとりつつ、よろず？　よろづ？　――ず？　のことにつかいけり。なをば、――なをば〝讃岐造麿〞？　この字、讃岐うどんと同じだからさぬきでいいんだよな？　えーっと、さぬき……つくりまろ？　ろ、は違うか。つくりま？　合ってんのかな？　わかんないけどいいや。さぬきつくりま、となむ、なん？　いひ？　あ、これはあれだ、いいける、だ」

そこまで読んで、しばし休憩。

……ちょっと疲れた。

「これでまだ本文、たったの二行っすか」

挫《くじ》けそうだ。先の長さに。

いろんな意味で敵はデカイぞ！

まったく人影のないガランとした学生ホール、空にはやや西へ傾きかけた真夏の太陽が、傾きかけたとはいえ容赦なく照っているのだが、出入り口を始め窓という窓をすべて開け放すと涼しい風が縦横無尽に通り抜け、まさに冷房要らずであった。

　本日は夏休み唯一の登校日、午前中にはすべての日程が終わり、学食で昼食を済ませた後、皆、三々五々実家へ戻ってゆく。引き続き学校に用事のある学生を除いては。

　用事のあった学生のひとりであるところの真行寺兼満は、なので今、誰もいない学生ホール貸し切り状態で好きな椅子に腰を下ろし、登校日なのにもかかわらず（むしろ、登校日だからこそなのか？　このタイミングで返却してもらおうとの遅延常習犯対策の為？）開いていた図書室から借りてきたばかりの『竹取物語』の原文の本を、テーブルに開いて読んでいた。

「そのたけのなかにほん、あ、もとだ。もとひかるたけなむ？　なん？　ひとすじありけり。あやしがりてよりてみるに、つつのなかひかりたり。それをみればさんずん、三寸って何センチくらいだろ？　十センチとか十五センチくらいかな？　さんずんばかりなるひと、いとうつくしうていたり。——いと？　いとは習ったぞ。なんだっけ、いと。糸？　意図？　イト。そうだ、非常に、だ！　非常にうつくしい子がそこにいましたよ的な？　だな。おきな、いふ、いう、やう？　——やう？　よう？　いうようなんてヘンだもんな。いうやうでいいや。——いうやう。『われあさゆうごとにみるたけのなかに、おは、おわするにてしりぬ。……おわする？　にてしりぬ？　にて。煮て？　煮ないか。しりぬ、尻ぬ。——ないな。こになり、……

あれ？　給料の給って一文字だとなんて読むんだっけ？　やばっ、度忘れした。いいや。きゅう、ふ？　べきひとなめり』？　なめり？　――ううう」

む、難しい。

なんだこれ。日本語なのに、ちょーぜつ難しい！

自分は生粋の日本人なのに、

「ぜんぜん読めねーっ！」

胸の前で悔しい拳をぎゅっと握る。

やばいぞやばいぞ。こんなんでは、もし仮に自分がうっかり過去へタイムスリップなどというものをしてしまった日には、時代によっては同じ日本なのにまるきり言葉が通じない、とか冗談抜きでありそうだ。

「うわ。洒落になんねー」

想像しただけで情けない。

こうなったら、間違ってもうっかりタイムスリップだけはしないよう気をつけねばっ！

「……うちの中学、古文『平家物語』だったもんなあ」

しかも抜粋。祇園精舎の鐘の声諸行無常の響きあり、の辺りをうろうろ。「誰かが『竹取物語』中学で全文やったって言ってたから、てっきり簡単なのかと思ったのに」

違うじゃないかーっ！　中学生でこれ全文なんてありえないって！　あいつ、絶対吹かしたなーっ!!

近所迷惑(？)にならないよう、と、心の中で雄叫びを上げる。

それにしても。単に文字を追うだけでもこんなに四苦八苦してるのだ、加えて解釈まで求められたとしたならば——、

「……無理だ」

その領域へはとてもじゃないが辿り着けそうになかった。のだが、今回は、そこへこそ辿り着かねばならない、ような、気がする。……気がする。……気がする。

くっそー、頑張れ俺、負けるな俺！

どんなに意味不明でもとにかく読もう。最後まで、読もう！

気合を入れて、続きを読む。

「とて、てにうちいれていえにもちてきぬ。つまの、——なんだこれ。妻？　の？　パス！　にあずけてやしなはす。やしなわす。うつくしきことかぎりなし。いとおさなければかごにいれてやしな、ふ。う。やしなう！　——よし！」

「頑張ってんじゃん、真行寺」

ひょっこり声を掛けられて顔を上げるとそこに、鼻と鼻が触れそうなほどの近距離に、とて

つもなく整った顔があった。思わず、つい、びくっと後ろに退がってしまうくらいの、やたらと破壊力ある美貌の持ち主の、

「ギ、ギイ先輩!!」

こと、崎《さき》義《ぎ》一《いち》。

いいいつの間に学生ホールに!? いつの間に入って来たのだ!? てか、いつからここに!? こんな間近に!?

咄嗟《とっさ》に周囲を見回して、他に誰もいないことにちょっとだけホッとする。でもギイ先輩ひとりとはいえ自分はそんなこんなの醜態を晒《さら》してしまってうわわわでしかもこの距離。いろんな意味で動揺する。

「おいおい。幽霊か強盗にでも遭遇したようなその反応、いい加減にしろよな」

ギイは呆れたように苦笑して、「なあ真行寺、なんで毎回、オレが声を掛ける度にびくっとするんだよ」

と訊いた。

「や、あの、それはっすね――」

今日に関してはいろいろだが通常の場合、答えはひとつだ。

真行寺の精度の大変優秀な美的感覚が原因なのだがその辺り、本人がきちんと認識していな

いので言葉にならない。しどろもどろでぐずぐずと、えーと、えーと、を繰り返す。つい一昨日まで九鬼島《くきじま》で一緒にいたおかげでかなりの免疫がついたのだが（なにせハイタッチまでした仲なのだ！　それを今朝、教室で同級生たちに散々自慢しまくりまくったのだ！　そして狙い通りに羨ましがられまくったのだ！）なのにそれらをきれいになかったことにしてしまうこの距離の近さ！　目の前！　顔、近過ぎ！

オカシナ下心なんかこれっぽっちも持ち合わせていないのに、この人の外見は大変に目に眩しい。そしてそれはおそらく美的感覚の精度が多少鈍い他の学生だったとしても、似たようなものであろう。

どんなに待ってもセリフがえーとから先に進みそうにない真行寺へ、

「ま、いいか」

ギイはからっと笑うと、「それ、『竹取物語』の原文だろ？」

と、テーブルに開かれた本を示した。

「あっ、そうっす。今度の文化祭の対抗劇の、っす」

答え易い質問に、はきはき真行寺が戻ってきた。

滅法現金な祠堂の学生が賞品が出るわけでもないのに毎年、血道を上げてバトルを繰り広げている、文化部の有志と運動部の有志とで行われる演劇バトル。

「聞いてるぜ。真行寺、運動部なのに文化部のメンバーなんだよな」

「そうなんすー。おかげでもぉ、大変っすー」

表面上は穏やかなれど、そうと決まった日からそれは静かに静かに静かに静かに運動部の先輩たちから（所属している剣道部だけでなく他の運動部の先輩たちにまで）圧をかけられているのであった。三洲から劇に出るよう言い渡された時、きっちりキモチの覚悟はしたが、それにしても元はと言えば昨年の自分たちの悪行（？）が原因なのに、真行寺は単にその尻拭いをしている（させられている？）だけなのに、微妙に裏切り者扱いはあんまりだと思うのだ。ものすごーく、不条理だ。

そして本日、夏休み唯一の登校日である今日を境に本格的に劇の練習がスタートしたのだがこれから先、新学期が始まって劇の様子が具体的になるにつれ、自分への嫌がらせははっきりと表面化するのであろうか。それとも三洲の顔を立て、文化祭が終わるまでは〝表面上は穏やか〟なままなのだろうか。――どっちだろう？

ああ、どきどき。

「ってことは、なに？　劇、原文なのか？」

「そうじゃないっすけど、ばりばりフッーの日本語なんすけど、劇は時間の関係とかあるんで展開がかなりテキトーになってるって、さっき練習ん時、制限時間とわかりやすさに徹して書いたって脚本作った演劇部の三年生と、とは言えもうちょっと原作に配慮した方が良いんじゃないかって主張する他の三年生とで、えらく揉《も》めたんで」

九月下旬の文化祭に間に合わせたくとも、夏休みまでは運動部はインターハイ、文化部もなんとか大会地区予選やら全国大会やらが目白押しで、どちらも劇の練習どころではなく、暦としては八月半ばといえども実質本番まで一ヵ月を切っている登校日である本日が、ようやく対抗劇の練習の本格的なスタート日なのである。もちろん、この日までに各自きちんとセリフを覚えて来ること、という宿題が課せられているのだが、何事も始まってみないとわからないもので、

「方向性の違いで揉めたんだ？」

「そうなんすー」

すべての用事を終えて、昼食後、午後イチから行われた初めての練習。

運動部の先輩たちとは好対照、文化部の先輩たちに真行寺は満面笑みのウエルカムで迎え入れられ、しかも前評判通り真行寺はセリフの覚えは大変よろしいので（幸い帝はそんなにたくさんのセリフがあるわけでもないので）それらに関しては特に問題はなかったのだが、初回なので集められたのは主要メンバーのみ、いざ劇の体裁を整えつつ皆で合わせてみたところ、脚本に御満悦の演劇部を横目に、見学していた演劇部ではないその他文化部三年生からなんだこ

りゃとの駄目出しの嵐。文化祭までに時間がないので皆、真剣！　それが裏目に出たのかもしれない。双方主張を一ミリも譲らず、散々揉めまくった揚げ句、練習が途中でお開きになってしまったのだ。

「解散っ！　今日はもう終わりっ！」

と。

練習が始まって一時間も経ってなかった。

予定では五時頃に終わるはずだったので真行寺は六時台のバスで帰宅するつもりでいたのだが、おかげで全然予定と違ってしまった。かなり早めのお開きだ。予定よりもこんなに早く終わってラッキー。と、そのまま帰ってしまっても問題ないと思われたのだが（おそらく他の出演者たちは帰ってしまっているだろうし）、――考え直した。

どうせ夕方に帰るつもりでいたのだ。三年生たちがまだ揉めているのか、どうにか解決したのかはわからないが、あの先輩たちのことなのでまたひょっこり呼び戻される可能性がないとも限らない。祠堂の場合、学生はケータイを持っていない前提なので電話がかかってきてまで呼び戻されることはないだろうが、まだ残っていたならこれ幸いと〝校内放送で再集合〟の可能性は大いに残されていた。

ということで、当初の予定の時間まで学校にいることにした。となると数時間あるのでそれならばと、図書室へ行って本を借りてきたのである。

「そうか。劇の中心人物である御門《みかど》としては、脚本がどうなるとしても、原文も読んでおこうと思ったんだ？」

「ややや俺は劇の中心人物じゃあないっすけど、――えと、まあ、そんな感じです」

原文を読んでおけば双方の言い分が自分にも少しは理解できるんじゃないのかなあ？　と、ちらっと思った。が、甘い考えだと、すぐに気づいた。

現在やや、……かなり、後悔中。

「ふうん」

ギイが頷く。二度、三度と。

――ちゃんとしてるなあ、真行寺。発想がホント、健全だよな。

真行寺兼満。剣道部に在籍する二年生で、我が愛しの恋人葉山託生《はやまたくみ》情報によると筋金入りのおばあちゃん子で、外見そのままのさわやか好青年である。その真行寺が、柔和で人当たりの良い、常ににこにこしていながらもその実、屈折率の半端ない、祠堂屈指の切れ者で生徒会長の、これまた託生情報によれば（周囲にはそうとあまり認知されていないようなのだが）潔癖症の傾向のある、人とあまり直に接触するのを好まない三洲新と（恋人同士などではなく飽くまで体だけのつきあいと本人たちは言うのだが、だけ、かどうかは措《お》いといて、というかむしろ、他人との直の接触をあまり好まない三洲とどうやって肉体関係に持ち込めたのか、そういう意味でも）実質つきあっていることが、不思議と言えば不思議であった。

こんなに健全な真行寺と、あんなに（ある意味）不健全な三洲との組み合わせ。大変に不思議な組み合わせと思うのだが。

さておき。

「さぬきのみやつこ、だよ、真行寺」

ギイが言うと、

「——はい？」

真行寺がポカンとした。

「冒頭に出て来る翁の名前」

ギイは細長い指で開かれた本の一部を指すと、「〝讃岐造麿〟は、さるきのみやつこ、さかきのみやつこ、諸説あるが通例として、さぬきのみやつこ、と、読むんだ」

「えええぇーっ？　そうなんすか？　さぬきはともかく、のみやつこ？」

造麿の、どこをどう読むと、のみやつこ？

わからない。ホントーにっ、わからない！

ハッ!!　てかつまり、ほぼ最初から見られてたのか俺のしゅうたいっ！　恥ずかしーっ！

ふたつの意味で頭を抱える真行寺に、

「終わりまで読んでやろうか？」

ギイが言う。

「え。マジっすか？」

地獄に仏？　じゃない、渡りに船？

俺、さくっと復活？

読んでもらえたら非常に助かる。が、

「あ、でもギイ先輩、用事とか――？」

葉山サンと約束がある、とか……？

遠回しに訊いてみる。

『別にギイとはつきあってないよ？』

と、必ず葉山サンが一所懸命に否定するから。

きっと誰も信じてないけど（真行寺も信じてないが）葉山サンが毎回必ずそう言うので、尊重してみた。なにせ葉山サンこと葉山託生には、真行寺は並々ならぬ世話になっているのだ。この世で唯一、三洲とのことを大っぴらに話せる相手であるだけでなく、彼が温室でバイオリンの練習をしているのをいつでも自由に聴きに行って良いことになっていて、しばりのきつい高校生活を送るのに、なにかにつけて癒されたり癒されたり癒されたりしているのであった。

それにしても。

夏休みにだってずっと一緒にいて、ばりばりつきあってるのにつきあってない設定とか、なんでそんなメンドクサイことわざわざしてるんだろう？　もし自分なら、三洲とつきあってなくても（許されるなら！）つきあってると言い触らしたい。そうやって周囲を牽制して、誰も三洲に近づけたくない。独り占めしたい。無理だとわかってるから余計にそう思うのかもしれないけれども。

質問の裏にそっと隠した真行寺の配慮に気づいてか気づいてないのか、

「一通りやるべき事は全部済んで、夕方までは時間があるんだ」

さくさくと話は進んでゆく。「とはいえ、最後まで読むとなるとざっくり一時間はかかるかな？　どうする、真行寺？」

おおお。一時間もギイ先輩を独り占めしてしまえるなどとっ！　こんなことが人生に起きるなんてーっ！

なんの支障もないならば、

「よろしくお願いいたしますぅ」

誰が遠慮なんかするものかっ！

真行寺が両手で恭《うやうや》しく本を差し出すと、くすくすちいさく笑いつつ、フランスの血が四分の一入っているとの噂の、アメリカ生まれでアメリカ育ち、祠堂にははるばる海を渡って留学してきたというつまりは外国人である崎義一は、真行寺の隣の椅子に軽やかに腰を下ろすと（椅子の座り方ひとつとってもカッコイイよな！）受け取った本をすらすらと、原文ままの『竹取物語』を（しかも解釈付きで）読んで聞かせてくれたのであった。

――完っ璧。

天は二物を与えないと言うが、そんなの嘘っぱちだ。二物どころか三つも四つも五つも六つも大盤振る舞いで与えることだって、ちゃんとある。

読み聞かせてもらっただけなのに（読み方が上手くて解説が的確で声まで良いときて）映画を一本観たくらいの充実感があったりして。

「ギイ先輩、俺、かーなーり、目から鱗《うろこ》なんすけど」

かぐや姫の知らなかった新事実(?)が続々と。

いろいろびっくりではあるが、細かいことはさておいて、一番の驚きは、目の前のこの人がアメリカ人で留学生、ということではあるまいか？

「もしかしてアメリカの中学でもやるっすか？　日本の古文」

そんなわけないよな、と、思いつつも、訊いてみる。

「やらないよ。個人的な趣味で何作か読んでたうちのひとつだよ」

「趣味っすか！」

趣味で読むのか？　こんなのを？　すげっっっ。「俺、日本人すけど、難解で降参っすよ」

「祠堂の古文は『徒然草』とかだものな。存外一番有名と思われる『竹取物語』が、なんでか教材に使われる頻度が少ないんだよな」

「ちっさい頃に絵本で読んじゃうからっすかね？　ストーリーにむしろ馴染みがあり過ぎる、とか、フィクション過ぎるとか？」

「かもしれないな。よーく読むとヘンな話だからな、『竹取物語』って」

矛盾した部分がちらほらで、かぐや姫が月から地球へ送られた理由にも啞然とするが、まあそれはそれとして。

「でもすごいっすよね。これって千年以上も前に書かれた、日本最古のSFっすもんね！」

「『古事記』や『日本書紀』をSFのくくりにしないなら、そういうことだよな」

「――あれ？」

ふと気づく。「ギイ先輩、もしかして、かぐや姫が月の世界に帰ったのって、今日ってことっすか？」

物語の中に〝八月十五日〟のくだりがあった。そして今日はなんと偶然にも、八月十五日なのだ！「今日ってことは、今夜ってことっすよね！」

俄然、瞳を輝かせた真行寺へ、

「話の中に出てくる日付は旧暦だから、どうかなあ？」

ギイは首を傾げる、風にする。

「旧暦？　すか？」

「今の暦は太陽が中心だろ？　昔の暦は月の満ち欠けを中心にしてたから、そのまんま、というわけではないだろうね」

「そ、うなんすか？」

「真行寺、月の満ち欠けってだいたいどれくらいで一周してると思う？」

「んーと、二十八日？　って、なんかどっかで聞いたような……？」

「ああ、二十八日周期のものってあるよな。近いけど、外れ。旧暦は三十日計算なんだよ。現れて満月までが十五日、消えてゆくまでに十五日、で合わせて三十日」

「現れて十五日で満月で、って、あ、それで十五日が十五夜ってことなんすか？」

そうか、それで同じ日のことなのに〝八月十五日〟と〝十五夜〟の、ふたつの表記が作中にあったんだ。「八月十五日って、つまり八月の十五夜のこと、なんすね！」

「そういうこと」

「おおおおっ！　じゃ、かぐや姫は十五夜の満月の日に月の世界へ帰ったっすね！　満月に月に向かって、とか、すっげ絵になりますよねっ！」

絵本で満月に向かって列成《れつな》して牛車や人が上がってゆくイラストを見たことはあるのだが、都合の良いただのドラマティックな演出かと思ってた。

「正確には十五夜なのに満月じゃないこともあるけどな、一応、そういうことだよな」

「あ。——今夜は満月じゃあ、ないっすもんね」

「昨夜の月は三日月だったな」

ギイが言うと、真行寺は大きく頷いて、

「けっこうひょろっと細い月でした」

ああ残念。昨夜、登校日の準備をしてた時、実家の自分の部屋の窓から見えてた月は、満月までにはけっこう日にちかかりますけど？な、月だった。

「しかも旧暦は、たいてい一ヵ月くらい後ろにずれてる」

「後ろっすか？　ずれるって、八月って書いてあったらつまりは九月とかですか？」

「そういうこと。九月や年によっては十月とかかな。多分本番あたりが十五夜だよ、真行寺」

「へ？　なんのっすか？」

「文化祭の劇の本番、九月最後の日曜日あたりが、今年はちょうど旧暦の八月十五日、十五夜だよ」

「ホントっすか!? わわわっ、それ、すごいっすね！ 偶然にしてもすごいっすね！ 本番がドンピシャなんて、今夜が十五夜ってゆーよりドラマティックっすね！」

感激しつつ、「それにしてもギイ先輩、旧暦にも詳しいって、それもすごいんすけど」

旧暦の詳細も然《さ》ることながら今年の旧暦八月十五日がいつなのか、さらっとここで出て来るなんて、この人のアタマの中、どんだけ情報が詰まってるんだ!?

「たいしたことないよ。伊豆《いず》の九鬼島、あそこ干潮の時には歩いて渡れるだろ？」

「あ、はい、でしたね」

真行寺はその海の道を歩いたことはないのだが、ギイ御一行様たちは一度歩いたことがあるらしい。——ちょっと、羨ましい。

「歩いて渡れるタイミングを確認するのに日毎の潮の満ち引きを調べてる時に、潮の満ち引きってつまりは月のあれこれだろ？ で、その時に朔《さく》や晦日《みそか》の月とか満月のそんなこんなのデータも一緒に目に入って、たまたま覚えてたってだけだよ」

ざっくりした説明なれど、ギイ先輩はルックスがイケてるだけでなく半端なくアタマも良いと聞いているので、——こーゆーことなのか、と、納得する。

「なんとゆーか、あれっすよね、ギイ先輩って、かぐや姫みたいっすね。——あ、もちろん罪人とかは抜かしてっすよ！」

ひっくるめての、真行寺の素朴な感想。

なにせ『(三寸ばかりなる人)いと美しうて居たり』で、且つ『美しきこと限りなし』であり、尚『この兒《ちご》の容貌《かたち》清《けう》らなること世になく、家《や》の内は暗き處《ところ》なく光満ちたり。翁心地あしく苦しき時も、この子を見れば苦しき事も止《や》みぬ、腹立たしき事も慰みけり』なのだ。かてて加えて『車に乗《の》りて百人許《ばかり》天人《あまのひと》具《ぐ》して昇りぬ』とくれば、もう。

光を放つような存在感。この世のものとは思われぬ美貌。泣く子も黙る(?)厚い人望に、常人には持ち合わせない能力(頭の良さ)や、極め付き、かのFグループ御曹司という、庶民な自分たちからすれば地球人と月の人と同じくらいの〝住む世界の違い〟。

「そうか？」

絶世の美男子は、だが、意味深長にニヤリと笑うと、「真行寺のことだからてっきり、かぐや姫は三洲なのかと思ってたよ」

さらりと続けた。

はっ！　――言われてみれば。

「そそそそうっすね」

どんな求婚者にも冷たくて、誰にも気持ちを預けないところが、確かに実にそれっぽい。それに、確かに、アラタさんはキレイ。

ギイ先輩が太陽のような眩しい美貌の持ち主だとしたら、アラタさんは対照的な、月の光のような静かで冴え冴えな美しさがあると思う。

それになんたって、三洲新↓ミス・アラタ↓アラタ・ミス↓アルテミス、と、英語読みに則《のっと》ると途端に月の女神と名前がちょー近似値！　となるのである。月の光のような、とは、我ながらなんて言い得て妙なのだ！

密かに悦に入っていると、

「真行寺は、三洲のどんな所が好きなんだ？」

真行寺で三洲、とくれば百パーセントからかわれるのがオチなのだが、からかいや興味本位というよりも、と、普通に訊かれて、

「難解なトコとか含めて全部っすけど！」

素直に潑剌《はつらつ》と応えてしまった。

「真行寺の言う全部は深いな」

美男子が笑う。――途端に、ぱっと光が散る。――ああ、眩しい。

でもようやく少し（この近距離でも）目が慣れてきた。

誉められて、照れてしまうが、

「深くはないっすよ、ぜんぜん」

謙遜でなく、言った。

むしろ至極シンプルだ。

アラタさんが好き。彼の、どこもかしこも、全部好き。

ギイ先輩には、その迫力ある美貌に気圧されるようにドキドキするが、アラタさんの場合はそうではない。好きだからドキドキする。惚れた欲目でなくて綺麗と思うが、チラリと視線を向けられただけでドキドキするのは、自分の中で彼がとってもとってもとっても特別だからだ。


特に理由はないのに溜め息が出た。

もしここに副会長の大路《おおじ》がいたら、即座に、どうした何があった具合が悪いのか校医を呼んで来ようか等々と大仰に騒がれるところだがひとりだと何をしようと至って平和だ。

机に頬杖を突いて、なんとなく、周囲を見回す。

理科の実験室にあるものよりも大きな机、そこを取り巻くいくつかの椅子、年代物のカーテンと、同じく年月を感じさせる書類用の本棚、天井や壁の汚れ。――かなり学費の高い私立男子校の祠堂学院なのだが、面白いことに日々の掃除は〝伝統〟で、自分たちの住まいは自分たちで管理するというポリシーが創設以来粛々《しゅくしゅく》と受け継がれていた。創設当時は良家の子息のみしか入学を許されなかったのに、側使《そばづか》い二人まで滞在を許されたという環境下で、上げ膳据え膳の彼らにそれでもその〝校則〟を遵守《じゅんしゅ》させた当時の学校側の指導力はとてつもないものがあったのであろう。昨今では校舎の掃除に業者を頼む高校もあると聞くが、そうと聞いても、せっかく高い学費を払ってるんだから祠堂でもそうしろと学生からクレームが出たことはあまりない。もちろん、冗談とも本気ともつかない愚痴が出ることはままある。あるのだがむしろ、自分が使う場所くらい自分で掃除して当たり前、と、思っている学生の方が多いのだ。おかげで男子校にもかかわらずいつも校内はきれいである。汚そうとする者を発見したならばかなりの勢いで周囲からどやされる。俺が掃除したところを汚すんじゃねー！　口の悪い学生なら、と、怒鳴りつける場面である。だが床はさておき壁や天井はさほど熱心に日々の掃除に組み込まれたりはしないので、自然、わざと汚す等のよほどのことをしなくとも、経年変化で薄汚れてしまうのは仕方あるまい。

　の、天井や壁の汚れが無言で伝える歴史と伝統。

『祠堂なんかどうだ？』

勧めたのは、父親だった。

高校進学を控え、志望校を逡巡《しゅんじゅん》していた時だ。

『祠堂って確か……』

父親に時折届く高校の同窓会の葉書に〝祠堂学院高等学校〟とあった。人里離れた山奥の全寮制の男子校で、古めかしくも新しい学校だよ。と、いつだか説明されたことがある。

古めかしくも新しい、の矛盾した表現に、意味不明ながらも心惹かれた。

入学してみて、よくわかった。

ここは実に、古めかしくて新しい高校である。――進んで革新的ではないが、要望に対してかなり柔軟なのである。開校以来の長い歴史や伝統があるにもかかわらず、変化やリスクを恐れない、とでも言えば良いのか。

おかげでユニークな学生がたくさん在籍している。

最たるものが同学年の崎義一。

自分もかなり耳聡い方なのだが、奴は更にその上を行く。

アメリカ生まれアメリカ育ちのアメリカ人で世界的な企業グループの御曹司。父親の個人資産が順位を伴って毎年公表されるクラスの、そういうレベルの御曹司だ。それがなんだって、選りにも選って、日本のこんな山奥の不便で不自由で日本国内ならまだしも海外に於てはまったく無名で且つ九月と四月のスクールシーズンがまるきり異なる、そういう意味でも不便な高校へわざわざ留学してきたのか。謎ではあるが、事実、奴はここにいる。

医者ばかりの親族の中で、自分の父親はひとり我が道を行っていた。兄弟だけでなく従兄弟たちの中でも中学時代一番成績が良かったのになんだって高校を（名門男子校の位置付けなれど決して超進学校ではない、レベル真ん中くらいの）祠堂にしたのかと、周囲の大人たちは不思議がったり驚いたり反対したりしたのだそうだが、風光明媚な山奥の全寮制の学校、というシチュエーションがどうにも気に入ってしまったらしい。実際に進学して、三年間、それは楽しく過ごしたそうだ。

『田舎は落ち着くぞー』

呑気に父は笑ったものだ。『あまりの環境の良さにアレルギーが治った同級生がいるくらいなんだからな』

父の説得はわかるような、わからないような。母曰く〝単純明快〟な人。単純かどうかはともかくとして、明朗快活な人であることは間違いない。

『新には、合ってるような気がするんだよ』

そうなのだろうか？

それもまたわからなかったけれども、普段はあまり息子の動向に口出ししない父親が、熱心に、楽しげに話してくれたことが、心に残った。

『父さんや母さんに気兼ねせずに、高校生活を楽しみなさい』

父や母に気兼ねなど一度もしたことがないのにそう言われて、わからないことだらけであったが、従うことにした。

父からのまっすぐな愛情を感じた。

まるで、両の手のひらから鳥を大空へと羽ばたかせるように、父が自分の背中を強く押したように、感じた。

「卒業が近くなった今頃、思い出すなんてな」

頰杖を突いたまま、三洲新が呟く。

一部の三年生には十二月の二学期の終業式の後、年が明けても受験の日程の関係で学校には戻らず、そのまま自宅学習、出席できぬまま卒業式、というコースを歩む者もある。卒業式は定かでないが自分も三学期は学校へは戻らない。

「そうか、もう四ヵ月ないんだ」

祠堂にいる時間は。――いられる、時間は。

まだ二学期は始まってはいないが、九月になった途端、時間は瞬く間に過ぎるのであろう。

校内のどこよりも見慣れた景色である、生徒会室。一年生の頃から役もないのに出入りしていて、この一年間は生徒会長として放課後のほとんどの時間はここで過ごしていた。

「父さんも、見てたのかな」

この室内。

高校時代に生徒会活動をしていたのか、尋ねたことがないので知らないが、何十年か前には父もこの校内にいたのかと思うと、不思議な気分になる。

あれはいつだったたか、

『今度こそ、父さんは行くからな!』

入学式も、一年の文化祭も二年の文化祭の時も、どうにも都合がつかなくて祠堂に来られなかった父。せっかくの、大手を振って校内を（懐かしき母校を!）そぞろ歩きできる数少ないチャンスをことごとく逃していた父は、

『新の最後の文化祭に賭ける!』

ここぞとばかりに力強く宣言した。

身びいきでなくて、仲の良い家族だと思う。一人息子の自分は、父親にも母親にも、加えて子どものいない母親の妹の叔母にまで、随分と可愛がられて現在に至っていると、思う。

にもかかわらず——。

頬杖を突いたまま、また溜め息がこぼれた。

開け放した窓からは、山の気候特有の爽やかな風が吹き込んでくる。

「……もしかして、本当に気兼ねしていたんだろうか」

父が指摘したように。

そんな自覚はまるきりなかったけれど、いつもふわふわと心ここに在らずな自分には気づいていた。両親といても、いつも少しだけ遠い所から彼らの話を聞いている自分がいた。親戚であれ、友達であれ、同じことだ。

少しだけ、遠い。

自分に向けられた事柄を、まるで他人事のように捉えていた。どうしてそうなのか、理由は知らない。いつも冷静だと評価されるが、そう心掛けていたわけではない。気づいたら、そうだった。

「どんなに可愛がってもいつまでたっても懐かないよそよそしい子供、か」

あの時受けた叔母の指摘は、おそらく正解だ。

懐く気がなかったわけではないと思うが、結果的にうまく懐けなかったのであろう。——おそらく。

心焉《ここ》に在《あ》らざれば視《み》れども見《み》えず。

見ているつもりで見えてなくて、大切なことを見落としているのだろうか。それとも、むしろ逆なのか。直視したくないから心を飛ばすのか。

「……乙骨《おっこつ》の従兄弟って、あれからどうなったんだ？」

数日前、伊豆の九鬼島で出会った乙骨雅彦《まさひこ》。1―Aの乙骨寄彦《よりひこ》の年長の（とてもそうは見えないが）従兄弟で、乙骨財閥の最高責任者の一人息子、ゆくゆくは乙骨財閥を率いて行く立場の跡取り息子なのだが、その役目を完遂できそうにない非常に危うい感じの青年で、――乙骨家との血縁の有る無しをDNA鑑定で調べるとか調べたとか言ってなかったか？　血の繋がりがないと判明したら不貞を理由に夫婦は離婚で、彼も乙骨家から籍を抜かれると。

鑑定の結果如何《いかん》で自分の人生が根こそぎ変わってしまうのかもしれないんだな。

本人の耳には既に入っているのだろうか。あの頼りない彼は、それらを理解できるのだろうか。いっそできない方がしあわせかもしれないが。

三洲は机の上の書類へ目を落とすと、広げた書類をひとつにまとめて、机の端に置いた。

空いた空間、そこへ、両手で顔を包むように、頬杖を突く。

――ずっと父親だと思ってた人と一切の血縁がないと判明したら、どんな気持ちになるのだろう。

「父親はガンの末期で、病床に就いているのだったな」

なんだか火事場泥棒のようだ。本人に離婚の意志はなくても、仮にDNA鑑定などする気はなくても、それでは納得できない人々が周囲にいるのだろう。相続は不当として、その権利を剝奪したい人々が周囲にいるのだろう。

余命いくばくもない人の心境はわからないし、自分のルーツを覆させられそうな雅彦の心境もわからない。

「今更知りたくもないだろうに」

本当のことなんか。

雅彦と父親は仲の良い父と息子だったと、崎が言っていたではないか。そっとしておいてやれば良いのに。

「戸籍が嫡子《ちゃくし》なら、嫡子のままで良いんだよ」

呟いて、息を吐きながら、三洲は椅子の背凭れに体を預けた。

利権が絡んだ親戚ほど厄介なものはない。——戸籍が嫡子なら、そのままにしておけば良いのに……。

その時、いきなりもごもごと、校内放送のスピーカーからくぐもった音が飛び出して来た。

『えええーっと』

ガサガサ。

『文化部有志の劇の練習を再開します。っと、参加者にはアイスが出ます。よろしくっ！』

ブツッ。

「――なんだ？」

三洲はキョトンと天井のスピーカーを見る。「今の、放送委員のじゃないよな」

校内放送のセオリーをすべてすっ飛ばしている。

それに、

「もう四時過ぎてるぞ」

このタイミングで再開とは――。「さては、何かあったな」

三洲は素早く立ち上がると机の書類を本棚へしまい、戸締まりを済ませてから生徒会室を飛び出した。

「よ、三洲」

講堂の入り口、防音の分厚い両開きのドア、閉められたままの片方のドアの手前に寄り掛かるようにして、もう片方の開いたドアの空間、その端からこっそりと身を潜めるように中の様子を窺っていた長身の影が、こちらへひらひらと手を振った。

「なにしてるんだ、崎？」

校舎から講堂へ続く狭い渡り廊下、天井の低い、ちいさな明かり採りの窓しかないトンネルのような空間で相当暗いのに、後ろから来た人影が三洲だと、足音を立ててもないのに気配を察し且つどうして遠目でわかったのか。——勘も良くてイヤになる。

ドアの蔭、ギイの肩越しに中を覗くと、ここは対照的に煌々と電気の灯された非常に明るい講堂の壇上で（午前中にはそこで、滅多に学院に現れない学園長——ここは学院なのになにゆえ学園長かと言えば、祠堂にはこの学院以外に祠堂学園もあり両方の長を兼任している学園長は、院より園の業務を優先しているからである——を迎え、全校朝礼が行われていた）数人の学生が脚本を手に、うろうろしていた。

客席側にも、数人の学生。

「三洲こそ、どうした？」

反対にギイが訊く。

「さっき校内放送があっただろう？」

「ああ、あれか。——で、心配になって様子を見に来た？」

「無断放送だよな」

三洲が言う。

「だな。——放送委員、もう校内にはさすがにひとりも残ってないだろ」

「顧問は？」

「さあな。放送部の先生の耳に入ったら、ちょっとヤバイかもしれないけどな」

寮にかかってきた電話の取り次ぎ呼び出し放送は、マイク一本とスイッチひとつのみで且つ雑音拾い放題の仕切りのパーテーションすらない簡易なもので、誰でも自由に使って良いとの方向だが比べて、ハイスペック機材の揃う校内の場合、基本放送委員以外が放送室に入ることも放送の機材を触るのも違反行為なのである。——万が一機材を壊したりしたならば、もちろん弁償しなくてはならない。

「で？　崎はここで何をしてるんだ？」

質問が初めに戻った。

「真行寺が心配で、ここまで付き添っただけだよ」

足元を指さしてギイが言う。

「真行寺？」

心配で、——付き添った？　なんだそれ。どういうことだよ。

壇上に確かに真行寺の姿があった。彼はひどく神妙な表情で、客席から大声で指示を出している三年生と、手にした脚本とを見比べながら、舞台の上をあちらこちらと移動していた。

「せっかくセリフを覚えたのに、この期に及んで脚本書き直しなんだとさ」

「これからか？」

「さっき書き直しが終わって、あれが新しいバージョン」

そうか、それで、あんなに神妙な表情なのか。

「……やっぱり何かあったんだ」

独り言のように呟くと、

「演劇部とそれ以外の文化部の三年生とで、脚本に関して揉めたらしい。今日の昼過ぎからの初練習で」

「――へえ」

そして、やっぱりこの男は、もう既に事のあらましを知っているのか。

「それがさ、聞くと通常と逆で面白いんだ」

ギイが笑う。「演劇部の方がより原作に寄せたいのかと思ったら、大衆受けを狙ってわかりやすく簡単にしたらしいんだ。それでは物足りないと、他からクレームが入ったんだと」

「珍しいケースだな。餅は餅屋だと、演劇部がこだわるのが筋だろう」

「だよな？　まあ、こだわりはこだわりでも、原作への再現度合いではなく大衆に寄るというこだわりを貫いたんだから、それはそれで、そういうものかもしれないけどな」

「それで、調整が入ったわけだ」

「そういうこと。午後イチで練習始めてすぐ揉めて、怒りに任せて解散宣言出した後で反省して、ソッコー三年生たちで書き直して再集合、練習再開と」

頭数揃えの端役たちに関しては今日の練習は対象外のはずなので、壇上の人数を見るに、主要メンバーはほぼここに揃っていることになる。ということは解散宣言出されたのに、真行寺を始め下級生たちはほぼ全員帰らずに校内に残っていたということで、――なんて律義だ。

「だがここ五時までだぞ」

三洲が言う。

「えっ。そうなのか？」

ギイが咄嗟に三洲を見る。

「本日の文化部有志の講堂の使用許可、五時までしか出されてないからな」

「ってもう、ほとんど時間ないじゃんか」

「延長の申請、生徒会には来てないし」

さらっと続けたクールな三洲に、その整った横顔に、

「……温情は？」

訊くと、

「放送のルール違反まであるのに？」

クールさは微動だにせず。

「——そうか。ふたつは、きついか」

と、話しているそばから、ひとりの目敏い三年生が三洲に気づき、

「おおおっ、三洲！　マジ救世主っ！」

ドアへと走り寄って来た。「頼む、三洲会長、六時までここ使わせてっ!!」

温和で柔和でものわかりよくて、いつもにこにこしている優しい生徒会長は、

「電気代が馬鹿にならないので、駄目です」

優しい笑顔で優しく告げた。

「——おおう」

三年生が大袈裟に胸の辺りをかきむしりながら、「三洲っ、そこをなんとかっ！」

懇願する。

対抗劇に関しては部活ではないので顧問の教師がいないのが、こういう時にネックである。学生のみで、実質責任者不在なのだ。

「生徒会の許可がどう、とかじゃなく、その予定で学校側に許可申請出してあるから、事務の方で五時になったら講堂の電源、落とされるんだよ」

三洲の説明に、三年生は大慌てで、

「マジかっ！　や、そういう仕組み？　なんだー、それならそうと、いや、わかった、ブラックアウトする前になんとかガンバロっ！」

皆の下に戻ってゆく。

「――今の、マジでマジ？」

ギイが訊くと、

「冗談なんか言うわけないだろ」

愛想笑い抜きの、クールな返答。

「抜け道は？」

「あるけど使わない。あれは、六時が七時になるパターンだからな」

「お。鋭い」

ギイもそう、思っていた。ようやく脚本を書き換えていざ練習！　なのだ。おそらく、テンション高いのだ（三年生たちのみ）。のりのりでずるずるコースに決まってる。

「甘やかす義理は、生徒会にはない」

「だよな」

ギイは天井を見上げると、「五時になったら勝手に消えるのか、電灯？」

三洲に訊く。

「消えるよ。自動で消えるわけじゃないけどね。操作は外でするし」

「事務員が外でブレーカー落とすのか？」

「今は夏休みで事務員の不在が続くから、ブレーカー落として施錠もするよ」

「ふうん……」

「そもそも、どうしても練習をしたいと言うのなら場所を移せば良いだけだろ？　なにも講堂にこだわらなくたって」

「まあな、そうだよな」

校舎内は使用禁止だろうが、広いスペースで屋内でということならば学生ホールも学食も今日に限ってはガラ空きだし、まだ日没まで相当あるので、中庭であろうと寮の屋上であろうと外でならどこででも、やろうと思えばできるだろう。

ふと、壇上の真行寺と目が合った。――と思われたが、彼はギイを見ているのではなく、ギイの隣の想い人を遠慮がちに見ていたのであった。

「さっきの騒ぎでバレちまったな」

真行寺に、三洲がここにいることが。

真行寺に、だけでなく、三洲がここにいると一斉に周知され、俄然、皆から冷やかし交じり

の視線を向けられてしまったものの、極力そわそわしないよう努力しているのがこれまた丸分かりな真行寺は、

「気合入るなあ真行寺！」

同級生にがしっと腕を回されて、うっかり赤面したりして。

で、爆笑。

——まったく、いい迷惑だ。

「相変わらず注意力散漫だな」

気づかれないよう、せっかく物陰にいたのに。「時間がないんだから、もっとちゃんと練習に集中するべきだね」

真行寺に対してとことん辛辣な三洲の発言はいつものことなのでよしとして、

「三洲、日帰りなのか？」

問うと、

「帰るさ。明日から予備校だ」

「真行寺と一緒に帰るとか、は、ないんだな、はいはい」

睨まれて、即、撤収。

先日の、三洲の祖母に真行寺とふたりで会いに行くという行為で、——あれは言い換えれば

三洲のプライベートエリアに真行寺を招き入れたことになるわけだから、てっきりふたりの距離が単なる〝カラダだけの関係〟から多少なりとも〝恋人〟寄りに近づいたのかと思いきや、やはり三洲、天下無敵の屈折率は半端なく手強い。

だが、伊豆からは一緒に帰ったんだよな？

よもやまさか前夜の託生の失言が原因で寝室どころか電車まで別々とか、ないよな？

と、確かめたいような、訊かない方が平和なような……。

「崎こそのんびり学校にいていいのか？　予備校に――」

言いかけて、三洲は口を噤《つぐ》んだ。

行くわけないか。

予備校どころか崎義一には確か、とんでもない噂話がなかったか？　入学当初に流れていたあの噂。いかに崎義一が超人か、それを煽《あお》るためだけにシンパが勝手に騒いでいたガセネタとばかり思っていたが、

「崎、既に大学卒業してるって、本当か？」

「オレ？」

ギイは目を見開くと、そのままじっと三洲の目を見て、「他言無用ってヤツだけど」口の前に人差し指を立て、小声で告げた。

そうか。本当だったんだ。

アメリカには何度も飛び級を重ねた小学生の年齢の大学生がいるとか、たまに聞くものな。こいつも、それか。

「なら、俺たちが必死になってる受験戦争なんか、見ててちゃんちゃら可笑《おか》しいだろ」

「そんなことはないさ」

「試験で手を抜いてるって噂も、さては本当だな」

「――そんなことはないさ」

そうか、手加減してるのか。

なんだかこいつと本気で張り合うの、馬鹿馬鹿しくなってくるな。

「それでも、今からまた受験するのか?」

「あー、……どうかな」

普通の高校生のふりをしている天才が曖昧に首を傾げた。「向こうで入学を保留してるのがあってさ、そこに行くか、別のトコを受け直すか、いっそ起業して本格的に仕事を始めるか、まああれだな、いろいろと考えないとならないよな」

「進路希望調査の紙にそう書いたのか」

「いや、あれは、テキトーに、こう」

「……適当？」

「って、無責任に書いてなんかいないぞ。なんとなく本音も交ぜつつ、ほら、希望だから、飽くまで」

三洲はちいさく溜め息を吐くと、

「葉山とはそういう話もしてるのか？」

と訊いた。

『崎がどうするかで、葉山、迷うのか？』

九鬼島でふたりきりの時、そんな話になった。

『うん、迷いそう』

素直に頷く葉山託生に〝恋すること〟の厄介さを感じた。自分の志だけで自分の行く先を決められない状況は、ひどく厄介だと、感じた。

「進路に関してはデリケートな話題だからなあ」

「まだしてないのか？」

「そういう三洲はどうなんだよ、真行寺とこれからの話、してるのか？」

「あいつとそんな話をする――」

「義理はないんでしたね、悪い、失言続きで申し訳ない」

「わざとだろ。葉山じゃあるまいし」

「まさか。オレだって失言することくらいあるって、三洲」

考えまいとするのだが、つい、気になって出てしまう。なんたって発端は託生なのだ、託生の失言。——いやあれは、失言というより天然だな。三洲の地雷をさくっと踏んで、真行寺をがっくりさせた。三洲の屈折率と同じくらい託生の天然もある意味、手強い。

「ま、あれだよな、進路に関しては、一番大事な相手とはなかなかし難い話題だよな」

一番大事、に噛み付かれそうなので、

「オレに限っては」

すかさず続けた。

三洲はちらりとギイを見上げて、

「わかった、さっきの話、葉山には洩らさないから。——もちろん、他の誰にも」

「ありがと、助かる」

それじゃ。と行きかける三洲の背中へ、

「あのさあ三洲」

ギイが声を掛けた。

立ち止まってこちらを振り返った三洲へ、その線の細いシルエットへ、

「オレ、多分、相当三洲のこと信用してるわ」

一部の教師を除きこれらの件を知っているのは三洲だけだ。――話したのは、三洲だけだ。

三洲は無言でギイを見て、無言のまま、にこりともせず立ち去った。


「――う。いない」

鍵のかかった生徒会室のドア、押そうと引こうとどうやっても開かない。――いや、無理に開けたいわけではなくて、そうではなくて。

帰っちゃったんだ、アラタさん。

その現実を受け止めるのに、ちょっと時間がかかってる。

五時きっかりに講堂が消灯して、新しいセリフをきっちり覚え直してくること、が、課題で出されて、今度こそ本当に解散となった劇の練習、

「いるのかなって、ちょっと、思ったけど」

参加者全員に今から売店のアイスをゴチ！　を断って、講堂から一目散に生徒会室まで全力疾走してきた。いつもなら、――これが授業のある平日なら、五時どころか六時過ぎ、時には

七時近くまで三洲はここにいることがあるから。

でも今日は授業のある平日じゃないし、そもそも、——そもそも講堂で、目を合わせてもくれなかった。

ガン無視だった。

いつの間にかギイ先輩と一緒にいて、でも、ぜんぜん物陰で、ちっとも気づかなくて、劇の練習してる自分の様子をこっそり見に来てくれたのかと思ったら然《さ》に非《あら》ず、五時の消灯は延長不可と三年生たちに伝えた後、あっと言う間にいなくなってた。

登校日に関しては、祠堂は普通の高校とほぼ同じような流れである。寮にも教室にも立ち寄ることなく、登校したらそのまま講堂へ行き、全校朝礼が終わったならば下校する。昼食を学食で摂りたい人は学食へ、いらない人はそのまま帰宅。だが二時には学食が終了する本日、現在五時ちょっと過ぎ、生徒会室に三洲の姿がないということは、既に校内どころか敷地内のどこにもいない可能性が限りなく高いということで、

「あのままアラタさん、帰っちゃったんだ……」

いや、一緒に帰ろうと約束していたわけじゃないから、それは別に、そんなことは別に、各々《おのおの》の自由と思うのだが……。

きっと贅沢になっちゃってるのだ、本来は一度も会えないはずだったこの夏休みに何度も会

えてしまったから。そのうち一度は三洲が成り行きとはいえ真行寺の家に泊まってくれた。それで終わりと言われたのに、三洲の祖母のそんなこんなで一緒に伊豆まで行くことになり、部屋は別々でもひとつ屋根の下で一泊できて、つい一昨日、伊豆からの帰路もふたりきりの電車の旅で。だからもう充分過ぎるはずなのに、ここ数日、立て続けに一緒にいられたからこう、喪失感がハンパない。

「俺が、ワガママなんだよ。わかってるんだよ」

つい多くを望んでしまう危険なエリアに、片足が入ってる。

わかってるけど、——わかってるのに。

登校日の翌日からまた予備校通いだと聞いている。だから今日は、そんなにのんびり学校に残ってるわけないだろうなと思ってた。あの人にしては珍しく、皆と同じ昼過ぎには帰宅してるかもしれないなとまで思ってた。講堂で、だから姿を見かけて、びっくりしたし、ちょっとでも顔が見られて嬉しかったし、でも、

「でもやっぱり、ちゃんと会いたかった……」

どんなにワガママだ贅沢だと罵倒されても本音を言えば間近で顔が見たかった。話をしたかったし、できれば、髪とか、触りたかった。

半袖から伸びる長い腕とか、いつも不機嫌そうな額とか、柔らかい——、

想像すると落ち着かなくなる。――余計、切なくなる。

「やばっ、やめよ」

違うのに、勝手に自動的に〝置き去りにされた感〟が自分の中をぐるぐるし始める。開かないドア。もうそれだけで、自分には相当なダメージである事実に、ダメージ倍増。

「だいたい俺、なんだってガン無視されたんだろ」

アラタさんの隣にギイ先輩がいたからだろうか？　世間体の問題？　いや、いても関係ないよな。だって伊豆で、みんな一緒で、普通だった。普通に自分は足蹴にされてた。

講堂の、いつもより尚一層不機嫌な感じ。

去年、劇が終わって控え室で着替えてる時、体育祭準備の人手不足による人員募集を伝えに現れた時の三洲と、少し、重なる。あの時も、チラとも自分を見てくれなかった。

でも、なんで？　なんでガン無視？

出る以上みっともない真似はするなよとアラタさんが言ったから、だから必死に頑張ってるのに？　そもそも劇に出るよう命令したのはアラタさんなのに？　なのでここは、いくら足蹴要員の真行寺に対してであっても、むしろ誉められたり励まされたりが順当な場面ではあるまいか？

にもかかわらず。

「気のせいならいンだけど」

不機嫌な気がする、だけなら、別に良い。もし本当に三洲が不機嫌だとしたら、やれと命令された身で、やったらやったで不機嫌になられたとしたら、そのあまりの矛盾っぷりに、どうすればいいのか途方に暮れる。

劇にはまったく関係のないギイ先輩でさえ快く力を貸してくれたのに、当の三洲は応援してくれるどころか、

「そいや俺、アラタさんに劇出るよう言われて、アラタさんのために全力で頑張るって気合入れて宣言したら、アラタさんに、自分には関係ないみたいなこと、言われたな」

思い出した途端、ずんときた。

なんだかちょっと、ほんのちょびっとだが、まぶたの辺りがじわっと熱くなって、真行寺は慌てて頭を振った。

「なしなし、そういうの、なし！」

アラタさんがわけわかんないのは今に始まったことじゃなし、容赦なく素っ気ないのもいつものことだ！　承知の上の一方通行なんだから、応援してくれないとか、今更そんなことくらいで凹むなよ！

「あれ？　真行寺くん？」

不意に廊下の先から名前を呼ばれた。

慌てて表情を繕って顔を上げると、長い廊下の一番奥にふたつの人影。

「こっ、こんちはっ葉山サン！　野沢先輩！」

ぴょこんと頭を下げると、

「こんな所でなにしてるんだい？」

葉山託生はそう自分で訊いておきながら、「あ、そこ、生徒会室か。三洲くんまだ残ってるの？」

と、続けた。

「や、さすがに今日は、いないみたいっす」

言いながら、また、じわりとした。——やばいやばい、葉山サンの声聞いたらホッとしちゃって、マジやばい。

「一緒に帰るのに生徒会室で待ち合わせしてたとか？」

託生が訊く、他意はなく。

「んなわけないじゃないっすか、葉山サン！」

元気に応えて、笑顔を作る。「行きも帰りも別々っす！」

「そうだ真行寺」

野沢政貴が外を指さす。「帰るのにまだ時間があるなら、これから学食行くけど、つきあうかい？」

「えっ！　学食!?」

本日二時には営業終了の学食だが、「え、え、え？　なんか食べられるっすか？　俺、実はすっげ腹ぺこなんすけど」

釣られるように、真行寺はふたりへと駆け寄った。

「本日の泊まり組が炊事場の一部を借りて自炊に挑戦するらしいんだ。大鍋でカレー作るとか言ってたから、真行寺の分くらい楽勝だよ。タダだし、食べてから帰れば？」

「いいんすか!?　うわっ、すきっ腹にカレー、最高っすね！」

真行寺が言うと、ふたりが笑う。

「ただし、味がイマイチでも文句言うなよ」

「言わないっす！　ぜんっぜん言わないっす！」

他愛のない雑談をしながら、――それだけなのに今はしみじみ癒される！　三人で校舎の階段を下り、外へ出て、そのまままっすぐ東の方向、学食まで。

「葉山サンと野沢先輩は、どうして学校に残ってたんすか？」

それもふたり一緒とは？

「第二音楽室で葉山くんと受験勉強してたんだよ」

野沢が応える。

「受験勉強を、第二音楽室で？　っすか？」

野沢政貴は吹奏楽部創部当初からの部長で、第二音楽室は吹奏楽部の活動場所なので、〝三洲新と言えば生徒会室〟と同じくらい〝野沢政貴と言えば第二音楽室〟なのだが、でも第二音楽室で受験勉強？　いや、第一とか第二とかはどちらでも良いとして、なんでわざわざ〝音楽室〟で？「もしかして吹奏楽部、今日部活あったっすか？」

その流れで？　ということ？

今回の運動部有志と文化部有志の対抗劇に、今日の練習には参加していなかったが吹奏楽部の一年生と二年生がわんさか駆り出されることになっていた。にもかかわらず、本日初めて行われた劇の練習に（主要メンバーのみ参加なので部員たちがいなかったのは当然として）自分のところの部員を大量投入するだけでなく文化部部長のひとりである野沢政貴が顔を出していなかったのは、劇の様子を見るよりも、部活優先だったからであろうか。

「部活はなかったよ。そうじゃなくてね」

野沢は少し照れたように、「あまり吹聴されたくないんだけど、俺も音大志望なんだ」

と言った。

「野沢先輩、音大行くんすか⁉」

そうなのか。てっきり普通の大学に進学するのかと思ってた。

というか、祠堂学院から音大に進んだ生徒って過去にいたのだろうか？　まるきり思い当たる節がないくらい〝祠堂〟で〝音大〟は馴染みがない。これだけたっぷりの自然に囲まれていたならば、楽器の練習による騒音問題こそ起きないだろうが、なので練習し放題であろうが、中学の時、ピアノを習ってた同級生の女子は音大志望で毎週都内の先生の所まで通っていた。

――そういうこと、ここではできない。個人練習だけでは音大には行けないイメージが、真行寺にはある。

「そんなに自信があるわけじゃないから、音大だけ受験するわけでもないんだけれどね」

「あ、それでふたりで音楽室なんすか。そうっすよね、葉山サンはバイオリンで音大行くんですもんね」

そうか、「音大仲間っすかー」

葉山託生の場合は、知り合いにバイオリニストの井上佐智《いのうえさち》がいたり（本物は壮絶、綺麗だった綺麗だった‼）プロのピアニストの人とかいて、サロンコンサートなるものに招かれて演奏するくらいなので音大受験はむしろ当然のルートかと思うのだが、祠堂に於いては相当特殊なケースではあるまいか。

「あれ？　じゃああれっすか、野沢先輩は吹奏楽部の顧問の先生に教えてもらってるんすか、楽器？」

「違うよ、独学。顧問の先生はピアノ科出身で、他の楽器は専門外なんだ」

「へえ。それじゃあ練習、大変っすね」

指導してくれる人がいないなんて。

しみじみ頷く真行寺へ、

「心配してくれてありがとう」

野沢は微笑むと、「ところで真行寺は、三洲がどこを受けるのか知ってるのかい？」

と訊いた。

「アラタさんすか？」

どきり。「や。——知らないっす」

「え、知らないの？」

と、不思議そうな葉山託生に、返事に詰まる。

「誰にも教えなさそうだものな、三洲は」

野沢のフォローに、

「っすよね！　秘密主義っぽいトコありますよね、アラタさん！」

真行寺はホッとする。

大好きな人の進路。内心では密かにずっと知りたかったことだけれど、一度も口に出して訊いたことはない。

一昨日の伊豆からの帰り、売り言葉に買い言葉(?)どおり真行寺は電車の中で行きと同じく受験勉強している三洲に一言も話しかけなかったし、夏休みが始まってからこっち、何日も一緒にいられた時間はあったが、予備校がどうとか話題に出ても、そういう、進路とか、今後とか、未来に関しては、まるきり話さなかったし、過去にも一度も訊いたことはない。自分が訊いたところで教えてもらえないのは火を見るよりも明らかで、――というか、不機嫌になるに決まってる。あの人は(恐らく真行寺に、だけでなく)干渉されるのが好きじゃない。探られるのも、あれこれ訊かれるのも。

大好きな人とせっかく一緒にいられる貴重な時間にわざわざ不穏な空気なんか遠慮したい。だから一度も訊かなかった。

だから、知らない。

「葉山くんは三洲と同室だろ? さすがに知ってる?」

野沢に訊かれ、託生は済まなそうに真行寺をチラリと見てから、

「でも、ぼくもつい最近、知ったんだけどね」

と言った。

そっかアラタさん、葉山サンには教えるんだ。——そっかー。

「あ、でも真行寺くん、ホント、文字どおりつい最近だよ、一昨昨日《さきおととい》の夜のことだから」

「それって……」

あの、部屋から追い出された夜のことでしょーか？

目で訊くと、託生は更に申し訳なさそうに、

「ごめん、ホント、ごめん、真行寺くん！」

顔の前で両手を合わせる。

「いいっす。あの時も言いましたけど、葉山サンは気にしなくていいっす、マジで」

地雷を踏んだのが託生でも、この人に踏まれるなら文句は言わない。

「へえ、皆で出掛けてたんだ？　旅行かなんか？」

野沢が愉《たの》しそうに訊く。

「皆で出掛けてたわけじゃないんだけど、出先で偶然ばったり会って」

託生の説明に、

「出先で偶然？　そんなこと起きるんだ」

「びっくりしたよ、さすがにね。まるで一足先に登校日になったみたいだった」

「そんなに？　って葉山くん、ばったり何人？」

「岩下《いわした》くんと利久《としひさ》と、赤池《あかいけ》くんに真行寺くん、三洲くんと、それから一年の乙骨くんとギイとぼくで、……八人？」

「多いね」

「だろ？　多いよね」

「ばらばらに？」

「う－んと、全部で四組だから、かなりばらばら」

「え、あん時、岩下先輩と片倉《かたくら》先輩もいたんすか？」

真行寺が驚いた。

「ちょうど真行寺くんたちとはすれ違いだったけど、いたんだよ」

「マジびっくりっすね！」

「まったくだ。世間って狭いね」

しみじみと野沢に言われ、

「うん、さすがに実感した」

託生が頷く。

「その時に三洲と話したんだ、進路のこと？」

野沢の問いに、

「志望校は聞いてないけど、将来は医者になるんだって。だから、どこかの医大か医学部を受けるんじゃないのかな」

さらりと告げられ、真行寺はしばし硬直。――いいのか？　聞いてしまったぞ。でもいいのか？　いや、自分から進んで訊き出したわけではなくて、たまたまここに居合わせただけだからこれはもう一種、出合い頭の事故みたいなもので、それに知ったからと言って悪用する気はさらさらないし、でもアラタさんにこのことがバレたら、……俺、どうなるんだろう。

聞かなかったふり、するべき？

いや、でも、どのみち、バレるよな。

だからと言って、済みません葉山サンから聞いちゃいました、と、アラタさんに自己申告するのもヤバイよな。

それらはともかく、知れて嬉しい。

そうか、アラタさん、医学部志望なのか。

って、

「お医者様!?　っすか！」

とゆーことは、高嶺の花が、更に高嶺へ……？　がーん。

時差付きで衝撃を受ける真行寺をよそに、

「医者かあ……。意外と言えば意外だけれど、らしいと言えばらしいのかな？」

淡々と野沢が頷く。

三洲で医者に直結するイメージはないのだが、

「三洲くんの父方の親族に医者が多いんだって」

「え？　アラタさんのお父さんってお医者さんなんすか？」

知らなかった。——知らなかったよう。

「あ、三洲くんの父親は違うんだって」

高嶺が更なる高嶺になる寸前、託生の訂正が入った。

「じゃあじゃあ、親族には多いって、それって、自分が医者じゃないから息子には医者をってことっすか？」

真行寺の疑問に、

「自分が医者になれなかったからせめて息子は医者に、って意味？」

野沢が確認を上乗せする。

「あれ？」

託生は記憶を辿るように視線を上げると、「そんな雰囲気じゃなかったような……？」

親に進路を強制されてる印象は、なかった。

でも、なんか、引っ掛かることを言ってたな。

「あ。祠堂が酔狂だってさ」

託生が言うと、野沢と真行寺がキョトンとする。

「酔狂？」

「高校へ進むのに祠堂という選択が酔狂なんだって、三洲くんとこの親戚のイメージでは」

「へえ」

野沢は相槌を打ちつつも、「酔狂かなあ、祠堂って」

「医大に進みたいなら高校、もっとがっつりな進学校を選ぶべきって意味っすかね」

真行寺が言う。

「でも祠堂の偏差値低くないけどなあ」

と、野沢。

「学院？　学園？」

と、託生。

「学園は違うよ、あそこは本当に呑気なお坊ちゃん学校だよ」

「そうなんすか？」

「外部受験者がほとんどいないって話だからね。ほぼ全員、祠堂の系列大学に進むんだよ。――あ、前に言われた、祠堂学院生は酔狂だって。系列の大学があるのにわざわざ外部受験する学生ばかりだから」

「それ、ぼくも聞いたことがある」

「でもその酔狂とさっきの酔狂は別物っすよね？」

真行寺の突っ込み。

「別物だね」

野沢が笑う。

「どのみち、アラタさんなら優秀なお医者さんになるの、間違いないっすよね！」

真行寺が言った、力強く。

「まるで自分の自慢をするみたいだよな、真行寺」

野沢が笑った。「追いかけついでに真行寺も医大に進めば？」

「へ？　――俺が医大っすか？」

医大？「って、無理っすよ、そんな！　野沢先輩、俺とアラタさんとじゃ脳ミソのデキ、天と地っすよ？」

「そんなに成績悪くないじゃないか真行寺、学年で二桁前半だろう？」

「二桁前半じゃまるきりお話にならないっすよ野沢先輩っ！　だいたいうちの学校、学年の人数そんなにいないってゆーか、じゃなくて、好きな人が進むからってだけで行けないっすよ医大なんて！　すっっっごい勉強ハードなんすよね！　しかも死ぬほど授業料高いっすよね!?」

ハードル高過ぎなんてもんじゃない。

「じゃあ真行寺くんは、将来どの道に進むんだい？」

託生に訊かれ、

「俺は今んとこ、体育大学か防衛大学が良いんすけど」

応えた途端、野沢がポカンと真行寺を見上げる。

「それの方がよっぽど驚きなんだけど、真行寺。体育大はともかく防衛大って……」

同じくポカンとした託生が、

「野沢くん、防衛大って？」

同じポカンでも意味合いはまったく別で、しかもなぜか真行寺にではなく野沢に尋ねる。

「入学金や授業料がかからなかったり学生なのに毎月手当が出たりしてね、進学というよりむしろ国に就職する意味合いが強いから正確には通常の大学ではないんだけれども、将来の自衛官を育てる所だよ、それもエリートコース」

の野沢の説明に、

「や、違いますよ葉山サンっ、誤解しないでくださいねっ！　俺はエリートコースに進みたいんじゃなくて、そこはあんま関係なくて、体力だけには自信あるんで、アタマ使うより体動かしてる方が性に合ってるから、進むとしたらそっち方向かなって、そーゆー感じで！」

「国費で幹部候補生を育てるんだよ。狭き門だよ、葉山くん」

「体力だけじゃ受からない？」

「無理じゃないかな」

「あのっ、だからっ！」

「それに四年間、完全寮生活だったはず」

「ここで三年寮生活で、続けて四年寮生活するってこと？」

「しかも大学生とは言え国防の一端を担うわけだから、それなりに緊張感もあるだろうし。幸いにして受かったとしても、医大とは別の意味ですごくハードな大学生活だよね」

　野沢が言い、

「そんなにハードだとしたら、大学に入ったら真行寺くんまるきり三洲くんとは会えないね」

　託生が言った。

「――あ」

　託生の天然爆弾直撃に真行寺が瞬時に固まる。

まるきり、会えない……!?

それはっ、それはっ、それはっ……！　セツナイ。

「まままま真行寺、解決策がひとつあるから」

激しく落ち込む真行寺に、急いで野沢がフォローに入る。

「マジっすか、野沢先輩っ！」

「真行寺の防衛大を前提にするとして、三洲には一足先に防衛医科大学に進んでもらおう。そしたら同じ国家公務員だから。他の大学に進むよりいろんなスケジュール合わせやすいかもしれないし、もしかしたらゆくゆく同じ場所（基地）で働けるかもしれないし」

「防衛医科大学？　そういうの、あるんすか？」

「あるんだよ。医者になるための学校だよ。ただし、基本、自衛官だけど」

「ってことは、アラタさんも訓練を？」

真行寺はうーむと頭を抱え、やがてぱっと顔を上げると、「その選択肢、ないと思います」

断言した。

「まあね」

野沢が苦笑する。「敢えての選択肢だから、流して良いから」

それにしても、

「野沢くんて、詳しいね。いろんな大学のこと知ってるんだね」

心底感心して、託生が言う。

「進路を決めるのにいろいろ調べたからね」

誉められても微妙なところだ。情報量の多さ、が、迷いの深さ、なのだから。

野沢だけでなく、進路に迷う高校生はそこらじゅうにいるのである、

「葉山くんはバイオリンがあるから、あれこれ迷ったりしなかっただろ？」

ごくごく一部の人々を除いて。

「んー……、まったく迷わなかったわけじゃないけど」

「え。そうなのかい？」

意外そうに野沢に見られて、

「でも、今は違うよ？」

迷うと言うより、一時はバイオリンだけでなく音楽そのものを捨てていたから。「今は違うけど、それまでにいろいろあったんだ。でも、迷ってた時も多分、――多分、どこかでバイオリンのことは意識してたのかもしれない」

これから先、どうしても音楽がやりたいわけではないけれど、でも反対に、まったく音楽から離れる生活は、今となっては想像できない。

「そうなんだ……」

「うん」

「ギイは受験、どうするんだって？」

野沢が訊く。

「まだ決めかねてるって前に言ってた」

と応えた瞬間、託生がハッとふたりを見る。「違うよ！　つきあってないから！」

「あ、それ、知ってます」

あっけらかんと真行寺が言い、

「――新しい！」

野沢が唸《うな》った。「知ってるってさ、葉山くん」

「え？　え？　え？　どういうこと？」

困惑する託生へ、

「葉山サン、ギイ先輩とはつきあってないんすよね。知ってます、それ」

にこにこ笑顔で真行寺が繰り返す。

「あ……、そう？」

困惑しまくる託生へと、

「素直な後輩がいると余計な説明しなくて済むからラクで良いよね、葉山くん」

野沢が言う。

「……うん？　──うん」

どうしよう。いつもと勝手が違うぞ？

事あるごとにギイとの関係を否定してる託生だが、その都度友人たちから一笑に付されたり呆れられたりいい加減にしろくだらないもうやめろと直言されたりするのだが、つきあってないんすよね、知ってます。と、真行寺にあっさり返され、それはそれで戸惑った。

ざわざわする。うっかり訂正したくなる。ホントはつきあってますと言いたくなる。──人間って、複雑だ。ふう。

「ギイ先輩が受験先を決めかねてるのって、でも俺たちとはレベル違うんすよね、きっと！」

あっけらかん真行寺が、あっけらかんと続ける。

なにせ、あの優秀っぷり。アメリカ人なのに現代の日本語だけでなく古典まですらすらで、しかも、よその国の言葉もいくつも喋れると聞いたことがある。

「選択肢あり過ぎで困っちゃうんすよね！　だって、世界中のどの大学にも行けそうな感じしますもん！」

の絶賛に、

「…………世界中？」

託生が引いた。静かに、遠く。

「葉山サン？　あっ！」

真行寺が慌てて口を手で塞ぐが、時既に遅し。

「進路の話はもう止めよう！　それよりほら、学食に到着！　中、入ろう、早く早く」

カレーのたまらなく良い匂いが立ち込める空間へ、野沢は真行寺と託生を押し込んだ。


風呂上がりにリビングのソファで夜のニュース番組を見ていると、

「おばあちゃまがね、今日、お墓参りに行って来たんですって」

台所の片付けをしながら母が言った。

三洲は母へ振り返ると、

「お墓参りって、もしかして九鬼島へ？」

そうか、祖母はひとりで島へ行ったのか。

「あーくんに、くれぐれもありがとうって伝えておいてねって夕方に電話で」

「……うん」

亡き祖父ではない、祖母の初恋の人の墓参り。――心中が複雑なのは相変わらずだ。

「島の持ち主がその人の父親と言うことは、おばあちゃまの初恋の人ってかなりの御曹司だったってことよね？」

母が言う。少女のように瞳を輝かせて。

童話の世界じゃないんだから、

「かもね」

そんなに楽しそうにしないでもらいたいものだ。

第一、祖母の夫である祖父も、かなりの御曹司でしたよね？　そのふたりの娘ですよね、お母さん？

尤も、お嬢様であった母の結婚相手である三洲の父親は、普通の会社員である。――今思えばそんな相手によく嫁がせたな、母の実家の出木《でぎ》の両親（祖父母）は。父方の三洲の家系は開業医ばかりなので、同じ三洲の別の誰かと間違えた、とか？

なんちゃって。

「お土産に日記をいただいたんですって」

「誰の日記？」

「もちろん、おばあちゃまの昔の恋人のよ」

なんだそれ。

「そんなもの、どこから出てきたのさ」

宝探ししていた時に、屋敷内のどこにも個人の記録らしいものは残されていなかったと、そんな話を崎たちがしていなかったか？

「詳しくは知らないけど、どこからか出てきたみたいよ？」

どこからか？　――そうか、このタイミングだとしたら、出所はあそこしかないか。

それにしても。

「どうして今更、蒸し返すかな」

新たに日記が見つかったとして、それを祖母に渡す意味がわからない。だいたい、いくら昔の恋人のものだとしても、故人の日記なんかもらって気持ち悪くないのだろうか。過去の亡霊に囚われるようで、自分ならばぞっとしない。

「蒸し返してなんかいないじゃない。むしろようやく始まった感じでしょ」

「この前も訊いたけど、母さんはそれで良いわけ？　母親が、父親以外の男のこと、まるで追いかけるみたいにさ」

「何十年も前に亡くなった人に嫉妬してもねえ。それに、おじいちゃまに出会う以前の話でしょう？　優先権はむしろあっちにあるんじゃないの？」

「順番の問題じゃないと思うよ」

「あーくん、気に入らないのにあれこれ協力してくれてありがとう」

母がにっこり笑う。

それだけで、文句の続きが言えなくなる。——もうまったく。

「母さん、普通それ、厭味《いやみ》だから」

そうと聞こえないのは人徳か？　母のおっとりした雰囲気のせいか？

「普通はそうでも、厭味じゃないもの、あーくんには心から感謝してるもの」

「わかってます」

母がそういう人柄であると。だから文句が続かないんじゃないか。

「京古野《みやこの》さんて言ったかしら、今の島の持ち主の」

「うん」

「おばあちゃまと話が合って、すごく盛り上がったらしいわよ」

「すごいイケメン」

「えっ、そうなの!?　おばあちゃま、もしかしてメンクイ!?」

「ごめん、冗談」

「――あーくん」

「イケメンなのは本当だけど、話が盛り上がったのは京古野さんが、島のただの新しい持ち主じゃないからだよ」

「どういう意味？」

「関係者だったんだ。島と因縁のある人だった」

「――そうなの？」

「きっと、共通の話題があったんだよ」

「そうかあ、それで話が盛り上がったのね」

先週の土曜日、三洲は祖母が入所している施設へ見舞いに行った。そこは伊豆半島にある瀟《しょう》洒《しゃ》な老人介護付き分譲型のマンションで、祖母の部屋のベランダからは九鬼島なる個人所有の島が、海にぽつんと浮かぶように見えていた。

その時に、生まれて初めて、祖母の過去の恋の話を聞いた。若き日に、恋人がその島で亡くなったのだと。高い崖からの転落事故だったそうだ。その恋人から渡されていた、祖母に贈るはずだった品物が隠されている場所を示した地図。

奇遇にも当の九鬼島に逗留している崎義一たちと祖母のマンションで遭遇し、結果、隠されていた九鬼島の秘密やいろんなことがあきらかになり、本日、無事に祖母も島で墓参りをすることができたのだ。

一区切りついた、もしくはこれで終わった、とも言える。

だがあいにく、三洲には引っ掛かってることがある。ただの気のせいかもしれないが、それでも少し、気になっていた。

現在の九鬼島の持ち主である世界的なピアニストの京古野耀《あきら》、その彼が、初対面の祖母へ訊いたこと。祖母の旧姓を確認しようとし、その後に、初対面ではないような気がすると、京古野は祖母へ告げたのだ。

だが祖母は、それをやんわりとはぐらかした。

質問にはなにひとつ答えずに、

『もしどこかでお会いしていたとしても、私はこんなにおばあちゃんですもの、その時にはもう出木の姓を名乗っていたと思いますよ』

と。――否定も肯定も、しなかった。

話はそれで終わってしまったが、三洲もその時はたいして気に留めてはいなかったのだが、祖母こそ、京古野耀に見覚えがあったのだろうか。と、今は思う。そして、もし仮にそうだとしたら、どうして隠すように質問をはぐらかしたのか、その真意が――、祖母がそれまで同居していた長男夫婦に無理を頼んでわざわざあの介護施設に入ったのには、初恋の人が住んでいた、そして亡くなった島が目の前にあるから、だけではなかったような気がして、だが、いつどこで出会えると言うのだ？　祖母からしたら京古野耀は孫の年齢だ。接点がそうあるとは到底考えられず、京古野が祖母の旧姓に興味を持ったことですら、自分には、不可解だ。

せっかく謎が解決したのにまだ何かあるとしたら、——全く以て、歓迎できない。

崎義一の解説によれば、

「もしばーばが初恋の人と結婚してたら、血の繋がりはないけど、京古野さんとは親戚だったらしいよ」

その関係を親戚と呼んで良いのかわからないが、複雑な姻戚関係があるのだそうだ。

そのことと京古野の質問とに、関係があるのだろうか？　関係があるのだとしたらむしろ、同時に解決したことになるのだが。

「……親戚？」

「ほら、母さんだってだんだん複雑な心境になってきただろ？」

もしなにかが裏に潜んでいても、たかが一高校生の自分には、なにもできない。探る術もなければ、恐らく、知る覚悟もない。——なのに、気になる。厄介なことに。

「まあね、少しはね」

ただの思い出話ならともかく、「親戚まで現れると生々しいわね。ちょっと、あれかな」

祖母にパンドラの箱を開ける気はまったくなかったと思うのだが、結果として、いろんなことが次から次へと明らかになっていた。

終わったのなら、それが良い。

謎ばかり、幾つも幾つも抱えきれない。

母が口を噤んで洗い流しに集中し始めたので、三洲はテレビに向き直る。

『あーくんにはまだわからないかもしれないけれど、取り返しのつかない後悔がね、人生の中にはいくつかあるのよ。たいてい、皆、持ってるの』

『母さんにも？』

『もちろん、あるわよ。——そのうちのひとつだけでも取り返せるのなら、悔いを減らせるものならば、むしろそれは奇跡のようなことなのよ』

——奇跡。あの時、母はそう言った。

取り返しのつかない後悔を持っていると、言っていた。

「意味深だよな……」

たいてい皆が持っているなら、祖母や母だけでなく、父にも、あるのだろうか。

やがて洗い流しの音が止み、

「片付け終ーわりっと。さ、ママもお風呂に入ってきちゃおうっと。あーくん、部屋に戻る時テレビとリビングの電気、消して行ってね」

母が言う。

「うん、わかった。——戸締まりは？」

「もうしたけど」

「部屋に行く前に、念の為に玄関の鍵、見ておくね」

父親は先日からずっと泊まりがけの出張で、帰宅は数日後、もちろん今夜も帰って来ない。

「ありがと。あ、あーくん、明日の予備校、時間いつもと同じ？」

「同じだよ、始まるのも終わるのも」

「じゃあ、朝ごはんと夕ごはんもいつもと同じで良し、と。あと、携帯持って行ってね。今夜のうちにちゃんと充電しておくのよ」

「わかってる」

「おやすみ」

「おやすみなさい」

おかしなもので、長距離移動の祠堂への行き帰りに不安がられたことは一度もないのに、近所の予備校に通うのに、母は心配して必ずケータイを携帯させる。その為だけにわざわざプリペイド式のケータイを予備校が始まる前に（勝手に）購入していたくらいだ。母に言わせればケータイ電話は現代の〝お守り〟らしい。持たせてるだけで安心するのだそうだ。世の流れに反するようだが、三洲にケータイ電話を使う気は毛頭ないし、頼る気もないのだが、持ってるだけで母が安心すると言うのなら携帯するのはやぶさかでない。

ニュース番組が終わり、言われたとおりにあちこち消して、玄関で施錠の確認を済ませてから階段を上がり、自分の部屋へ入る。

母に言われるまでもなく充電器に既に電話は収まっていて、且つ、充電も終わっていた。

「忘れそうだな」

ケータイを携帯する習慣のない三洲は、この存在をつい忘れる。

充電器から電話を外し、そのままデイパックに入れようとして、——やめた。

ベッドに仰向けに寝転んで、ケータイの画面を開く。

アドレスには自宅の番号、母と父と叔母の琴子《ことこ》のケータイ番号、そして真行寺の番号が登録されている。

「必要最低限というやつだな」

真行寺の番号が必要かどうかは措いといて、「問題はこっちだ」

ずらっと並んだ着信履歴。

一昨日の夜、真行寺から聞き出した三洲の番号へ、三洲が無視することがわかっていて、ふざけた連中が面白がってこぞって何回も電話してきた。着ぐるみの件といい、つくづく悪趣味な連中だ。おかげで留守メモもいっぱいだ。

「留守メモと照らし合わせると、これが葉山の番号で、これが崎の番号で、これが赤池か」

だが、葉山と赤池のケータイは、おそらく本人のものではないだろう。「崎のを借りてるとか言ってたよな」

そんなことを言ってたような、記憶がある。

番号を眺めていて、唐突に気づいた。

「……そうか、これ」

崎に繋がるのか。

電話だから当たり前のことなのに、気づいた途端、軽く衝撃を受けた。

三洲はベッドへ起き上がると、じっと、手の内のケータイ電話を見下ろした。

「……電話？」

ぼんやりと託生が訊いた。

「間違い電話だよ」

応えると、

「なんだ……」

「眠いんだろ、寝てていいよ」

「……うん」

頷きつつ、託生は指の先でそっとギイの肌に触れる。

本日は宿泊組であるギイのゼロ番、帰宅組の託生を口説いて、部屋へ招いた。

夏休みが始まってからほぼ毎日、それこそ昨日の朝までべったり一緒にいて、離れたのは昨夜一晩きりなのに、餓《かつ》えたように体を繋いで託生を疲れさせてしまった。

甘えたような指の動きに、

「なに？　それとももう一回、オレといちゃいちゃする？」

訊くと瞬時に指を引っ込めて、

「……おやすみ」

向こうへ寝返りを打ってしまう。

「はいはい、おやすみ」

わかりやすく拒否るなあ。——いいけどね。

ちいさく笑って、ギイはケータイを枕元へ戻した。

ほんの一瞬の着信音。熟睡してたはずなのに起きた託生と、起きていたのでケータイを手に取ったギイ。

真夜中のケータイへの着信に寛容を努めつつも、どうにも消化不良らしい恋人は、持ち前の耳の良さが仇となりどうしても着信音を拾ってしまうらしい。

「ホントに間違い電話？」

ぼそりと、向こうで呟いている。

夢現《ゆめうつつ》で確信が持てない。——もしかして、会話が終わった後？

「さっきのはホントに間違い電話だよ」

背中を向けた託生に、その上から覆いかぶさるようにのしかかり、頬へキスする。「そんなに可愛いことばっかり言ってると、強引にいちゃいちゃしちゃうぞ」

耳元へ囁くと、肱鉄が来た。

「——おい」

脇腹を押さえて苦笑いするギイへ、

「時差って、いろいろなんだよね」

託生が背中を向けたまま訊く。

「時差？　ああ、まあ、ざっくり二十四タイプ？」

一日二十四時間なので。

「ギイのケータイって、世界と繋がってるんだよね」

「はい？」

せかい？　Worldwide の？　まさか real の方か？　Speculative fiction っぽくですか、託生くん？

どちらにしろ、唐突に投げられると困惑する単語だな、——世界。

「ぼくは日本国内から出たこと、春に、ニューヨークに行って、その一度きりしかないけど、ギイはいろんな国、行ってるんだよね」

去年地理の授業で〝行ったことのない唯一の国〟というセリフをギイが口にした時にギイ得意の冗談だと思ったクラスメイトもいただろうが、ギイのことなので本当にそうなのかもと思ったクラスメイトも少なくないはずだ。

託生も当時は半信半疑だった。

あの頃はともかく、今はちゃんと知っている。——世界中に行き先のある人、なのだ、この人は。だが、知ってはいるが、スケールが大き過ぎて想像ができない。それがつまり、どういうことなのかの。

「なに、ようやく託生も海外に出たくなった？」

嬉しそうにギイが訊く。

「そうじゃないけど」

「オレ、託生に見せたい景色や連れて行きたい場所、味わわせたい食べ物や、経験させたいこと、たくさんあるんだぜ」

「海外に？」

「国内にもさ。——そうだよ、海外にもな」

「外国に行くのがイヤなわけじゃ、ないよ？」

「わかってるって。免疫がなくて、おっかないんだろ？」

「言葉わかんないし、習慣もわかんないし、なにかあっても、自分じゃどうにもできないし」

「オレがいるじゃん」

「そうだけど……」

一から十までギイに頼って、なんて、——息苦しいに決まってる。自分だけでなく、ギイにだって。

「誰でも最初は初心者なんだからさ託生、経験重ねる間にいろいろ覚えていくものだしさ」

「そうだけど……」

「どうした？　世界がどうとか、急に気にしたりして」

もしかして、さっきの電話のせいか？

時差の関係で真夜中に鳴ることの多いギイのケータイ電話。実は仕事もしている勤労高校生なので、よほどのことがない限りギイは必ず電話を取る。

「ケータイでも間違い電話ってあるものなの？」

「あるさ、たまにな。佐智なんか、あいつ外見に反してけっこう大雑把だからさ、――いっそワイルドと表しても良いな。ケータイの扱いが雑だから、バッグにぽんと入れた時にたまたまオレに電話がかかって、あいつからの着信だってのは番号でわかるけど、当然リアクションはないわけさ。で、切る」

「そんなにワイルド？」

驚いて、託生がようやくこちらを向いた。

その額に落ちた前髪を指先で上げて、

「あいつが丁寧に扱うのはバイオリンと恋人だけだよ。――あ、たまに違うか」

笑うと、笑う。

可愛い。

それにしても相変わらず、託生は佐智の話題には食いつき良いなあ。妬けるなあ。

嫌がるとわかってても、だからつい、訊きたくなるじゃんか。

「なあ託生、オレのこと好き？」

ほら、むっとした。

「なんでいちいち言わせたがるんだよ、ギイは」

そんなの決まってる。聞きたいから。

言葉でちゃんと欲しいじゃん、好かれてる実感を。抱き合うだけじゃなくてさ、別の次元で確かめたいじゃん。

「オレが、託生を好きだから」

言うと黙る。——困ったように。

ちゃんと応えたいのに、照れて言えない。

そういうところも好きだから、しばらく放置。

が、

「ねえギイ、前に進路決めかねてるって言ってたけど、今もそう？」

託生にしてはの、話題転換。——照れ隠しではなく、本気で訊かれてる匂いがする。

ここははぐらかすと、まずいかな。

「まだ迷ってるよ。本音を言えば、託生とあまり離れたくない」

言うと、

「それって、距離的に？」

真剣に訊き返す。——やっぱりマジだ。

「たとえばさ、託生になにかあった時、すぐに駆けつけられる距離がオレの理想なんだよ」

「すぐにって、走ってすぐとか、そういうこと？」

「走ってでもクルマでもジェット機でも」

「——相当違う気がするけど」

「いっそロケットでもかまわないけどあれだ、ご近所も楽しそうで捨て難いが、この寮みたいな同じ建物の中だとか、もしくは、——同じ部屋がいいな。去年みたいに、託生と同じ鍵のところがさ」

「でも、そしたらギイの選択肢、減っちゃうよね。ぼくに合わせると、そうだよね？」

「じゃあ託生が合わせてくれるか？　オレの行き先に、ついてきてくれるか？」

「……難しいかも」

「だよな」

そうなんだよ。難しいんだ、この話題は。

進路を決めろと大人は簡単に口にするが、あらゆる折り合いをつけるのに、そう簡単に結論が出るわけがないのだ。いくらこちらが子供でも。

「まあどこに行くにしろ何をするにしろ、オレは託生を手放す気はないから」

「世界中のどこにいても、会いに来てくれるんだ？」

「そう言っただろ？　オレは約束は違《たが》えないよ」

引き寄せると、素直に擦り寄って来てくれる。「たとえ託生が月にいても、オレはきっちり会いに行く」

「うん」

腕の中で恋人が頷く。

「──あれ？」

せっかく良い雰囲気になりかけたのに、またしても託生が話を切り替えた。「月で思い出したけど、ギイ、今日文化部が劇の練習してたよね？　夕方放送あったよね？」

ありましたね。

「もしかしたらまたぼくが世間から取り残されてるだけかもしれないけれど、かぐや姫って誰がやるの？　あれってもう、決まってるよね？　でもぜんぜん話題になってないよね？　なんで話題にならないの？」

それを今、訊きますか。

「――さあ？」

なぜでしょう？

首を傾げてみたものの、

「ねえギイ、これって隠し球？　ぎりぎりまで内緒なの？　当日のサプライズとか？　それとも今回かぐや姫なしってこと？」

「どうかなあ？」

「はぐらかさないでちゃんと教えろよ」

「って言うか……」

オレとしてはもういい加減、色っぽい方に行きたいんですけど。――ダメですか？

九月も半ばとなり、今月下旬の土日に行われる文化祭に向けていよいよ準備も佳境に差しかかりつつある今日この頃。放課後の会議室、通常は委員会などに使われている特別教室で、文化部の対抗劇『竹取物語』の衣装合わせが賑やかに行われていた。

「問題はかぐや姫だよな。——どうする？」

そんな中、三年生たちが部屋の隅でこそこそと話し合っている。

「このままなしでいんじゃね？」

「下手に誰かにやらせても、相手が真行寺だぞ、去年の高林と比較されるに決まってる」

「だよなあ、絶対、比べられるよなあ」

「高林を越えられないならいない方が絶対いいって。それか、運動部みたいに笑いに走るしかないぜ」

「笑いに走るのはそれこそなしだろ。せっかくきっちりやってんのに」

「こんだけイケメン揃えたんだもんな」

会議室には雅な衣装を付けたグッドルッキングな下級生たちがわらわらと。今年は粒揃いの吹奏楽部から、かなりの数のイケメンを提供していただいた。豪華で雅な衣装だけで既に充分カッコイイのに、加えて正しくイケメンで揃えてみたのだ。これで笑いに走るのは、逃げを打つのは、どうなのだ？

「今の一年二年ってさ、こんだけイケメンがどっさりいるのに、美少女がひとりもいないってのがツライよなあ」

「まったくだ」

高林泉が下級生なら、ぜひとも、ぜひとも、出ていただきたいものなのだが、

「そいえば、去年高林が出たのは運動部の方だから、高林は結局、文化部所属なのに文化部の方の劇には一度も出てくれなかったことになるんだな」

「ああー、そーなるなあ」

「残念だよなあ」

「いっそこれまた例外で、三年だけど高林に出てもらうってのはどうなんだ?」

「そんなことしたら、運動部がここぞとばかりに暴れるぜ」

「これ以上ガタガタ揉めたら、三洲に睨まれる」

「うわわわわそれだけはダメ」

三洲に睨まれるのだけは、どんなことがあっても回避せねば。

「それでなくても三洲には散々世話になってんだから、揉めたら三洲に申し訳ないだろ」

毎回仲裁をしてもらっている自分たちとしては、必要以上に面倒をかけるのは避けたいところなのである。

「真行寺の配役にも協力してもらったしなあ」

「恩を仇で返すなよ、いいな」

「――じゃあどうする？」

「だからさ、なしで行くしかないだろ？」

「なしかあ」

「書き割りかぐや姫のままってことか？」

「そこにいる体《てい》で脚本もできてるし、かぐや姫が一言もしゃべんなくてもちゃんと話がわかるようになってるし、本番まで日数ないし、このままで行っていいんじゃね？」

「でもなあ、もひとつ盛り上がりがなあ……」

そうなのだ。

「去年の高林ん時は、えっらい盛り上がったからなあ」

高林の怒り全開爆発しまくりも含め、前評判からして凄かった。高林の件が話題にならない日がないくらいの注目度の高さだった。そして本番、どんな卑怯な手段を使ってでも配役したかった運動部のキモチが理解できてしまうくらいの美少女な姫で、

「見に来てた他校の男子から、大量告白されたって噂あったよな」

「うちは男子校だってのにな」

「あれだぜ、下級生の中にはまだいるんだぜ、高林が性別を誤魔化して男子校にいるって信じてる夢見る少年が何人も何人も」

「いるいる、俺真剣に訊かれたことあるもん、部の後輩に」

「かかわらなければまっこと魅惑的な男装の美少女だもんな。コスプレみたいなもんだよな」

「――かかわらなければな」

はっきりした容赦ない性格。遠目で見ているくらいが一番しあわせなケースだ。決して必要以上に近寄るなかれ。――同学年では常識である。

「真行寺をこっちに取られた段階で、運動部が今回の劇は笑いで行くと決めたのは、賢い選択だよな」

「正攻法じゃ難しいだろ？」

「難しいよ、現に俺たち、困ってんじゃん」

ふたつの意味で、難しい。

今回の件に関しては、運動部が正攻法でこちらと闘おうとしてもビジュアル面に於いてかなりの負けの予感が満載で勝負が厳しくなるであろうという、運動部にとっての難しさがひとつと、反面、結果的に運動部の正攻法を阻止したということは、運動部が笑いに走った以上、正統派の劇で行くという方針を変更することが実質不可能になってしまった文化部は、どんなに困窮しようとも笑いに逃げることはできないという、走っても良いが結果が相当無様になるのは避けられないであろうと思われ、要するに、逆説的な足枷を自ら課してしまったことによる難しさが発生してしまった、という点の、ふたつ。

真行寺でスタートしたまでは良かったが、相手役に立ち往生だ。

「高林以上に話題性のある美少女、どこかに落ちてないかなあ」

「まったくだ」

かれこれ半年近く探しているのにみつからないのだから、いっそきっぱり諦めても良さそうなものなのだが、普通に学校生活を送ってて、教室や廊下で高林の姿が目に入る度に昨年の凄まじい盛り上がりが思い出されて、対抗意識がふつふつと。

「俺たち、軽くトラウマだよな」

去年運動部に高林を取られたことが。

「悔しいったらなかったよな」

だから今年は真行寺を取ってリベンジしたが、

「このままだとせっかくの素材が活かせないよな」

せっかく真行寺を取ったのに、その存在を活かしきれない気がしてならない。

「でもいないじゃんか、かぐや姫」

「——そこだ」

そうやって話は最初に戻るのだ。毎回、毎回。

「そいや一年の時のギイは高林とまた違った意味で美少女ぽかったじゃん？」

「言われてみれば、そうだったな」

現在のあまりのイケメンっぷりに忘れていたが、確かに一年の時のギイは美少女だった。

「なのになんで、対抗劇に駆り出されなかったんだろか。格好のターゲットだよなあ」

「そりゃあれだろ？　当時の生徒会長だった相楽《さがら》先輩が、裏でこっそり鉄壁ブロックしていたからだろ？」

「なんのブロック？」

「崎を見世物にはさせないぞブロック」

「させないってか、見せたくない、だろ？」

「劇に出たら嫌でも注目度上がるもんな」

親切にも(？)それまで崎義一を知らなかった人にまで、あっと言う間に周知される。美少女高林のように。

「要するに、単にライバル増やしたくなかっただけだろ？」

「そうとも言う」

笑い発生。

相楽先輩が崎義一にぞっこんなのは有名だったのだ。てんで相手にされてなかったのも、等しく有名だったのだが。

「ノリ良いから、オファーしてたら存外出てくれてたかもしれないのにな、ギイ」

「そうかもだよなー」

「でも声掛けにくいだろ、ギイともなると」

なんとなく、そんな雰囲気。敷居がうんと高い感じ。

同学年の自分たちはギイをギイと愛称で呼ぶのが普通だが、思い返せば上級生で、気安く彼をギイと呼んでた人の記憶がない。——麻生《あそう》先輩ひとり、かも？　それくらい、もしかしたら自分たちより上級生の方が、ギイに遠慮を感じていたのかもしれなかった。

「そもそもギイ、運動部にも文化部にも所属してないしな」

そしてこれまた今頃気づくのもどうかと思うが、思い返せば、そこにぽんといるだけであれだけ目立つ存在なのに、実質、表舞台に立つというか、目立つことはほとんどしないギイ。せいぜいが今年の階段長とか、——とて、立候補したわけではなく皆が勝手に選んだのだが、自主的な目立つ行為といえば去年の文化祭で吹奏楽部の演奏の時、その場を盛り上げるために客席で皆を巻き込んで踊ったくらいか？

三洲ではないが、人気や人望からいって、生徒会長あたりをしていたとしてもなんら不思議はないはずなのだが。言い換えるならば、とことん普通にしているのに、むしろ却って控え目なのに、あれだけ目立つ稀有《けう》な存在が、ギイなのである。

「もしかして去年の劇、相手役がギイだったらあんなに暴れなかったのかもな、高林」

「そうかもしれん」

過去ずーっと片思いしていたギイが劇の相手役ならば、不機嫌どころか超ご機嫌でやってくれたのかもしれないな。——いや、運動部サイドのことなので、そんなのどっちでも知ったこっちゃないのだが。

「じゃああれか、ギイに於ける相楽先輩が、三洲に於ける真行寺兼満か」

報われない一方通行でしかもそれが周囲に知れ渡っている図式からいくと。

「そうやって並べると、妙な感じするよな」

ランクの違いからすれば最も低下層に属する真行寺が、帝の衣装を着て、他の出演者たちの中央に座り、全体写真を撮られている様は、真剣な表情でまっすぐに前を向いている真行寺の横顔は、お世辞抜きで凛々しい美丈夫だ。多分誰にも引けを取らない。

どんなに素っ気なくあしらわれても性懲りもなく三洲を追いかけるカッコワルイ真行寺が祠堂学生の間では基本形だが、もしそれがなかったとしたら、どうなのだ？

「うーん。イケメン度だけなら一年の中郷壱伊《なかざといちい》も負けてないけどな」

間違いなく、抜群の美男子だと思うのだが、

「あいつ緊張感まるっきりないもんな、ぽわんとしてて」

自然体と言うか、空に漂う風船のよう、と言うか。

「剣道やってるだけあって、いざとなると真行寺の凛々しさは、迫力あるもんな」

間違っても本人の前で誉めたりしないが、後輩でもなく三洲を追いかけたりもしていなければ、真行寺は恐らく相当カッコイイ男なのだろう。——素直に認めるのはしゃくなので、これからも絶対にイケてる扱いはしない方向だが。

「きりっとしてるとむしろ帝が役不足に見えるもんな」

「え？　そんなことないだろ？　充分だろ？」

「おまっ、役不足、違うだろ。役の方が役者の力量より劣ってるのを役が足りなくて役不足ってゆーんだよ。力不足とごっちゃにすんじゃねーよ」

「あれ？　反対？」

「凛々しいバージョンの真行寺なら、帝どころかもっとえらそーな役でもこなせそうって意味だよな」

「——なるほど」

「こいつ、大丈夫か、受験？」

「さあ？　ま、いんじゃね？　それよりどうするか、かぐや姫」

諦めきれない未練たらたらで、また皆で、額を寄せる。

なにか名案はないものだろうか。

「俺たちのライバルは今年の運動部じゃなくて、去年の運動部だもんな」

去年の運動部の盛り上がりを、なんとか凌駕《りょうが》したいのであった。――去年以上に、話題になりたいのであった！


「おーミカド、もう劇の練習終わったのか？」

部室でソッコー着替えて剣道部の道場に駆け込むと同時に、三年の先輩にからかわれた。

二学期になり定期的に劇の練習が始まってからこっち、真行寺の新たなニックネームはミカド（ポイント。カタカナ表記）である。ミカド＝帝なのにまるきり威厳のない感じが実に自分ぽくて、もうみなさん好きに呼んでくださってけっこうです、の境地に至る。

それにしても、飽きもせず毎日毎日ミカドミカドとこれみよがしに連呼され、からかいの形を借りた軽いイジメだよな、こうなると。

　と、内心密かに思いつつも、

「遅れて済んませんっ！」

　真行寺兼満はびしっと頭を下げて、ダッシュで稽古の輪に交ざる。

　尤も、高嶺の花のあの人のおかげ(?)で、真行寺のから
かわれるスキルは相当高い。たいていのからかいは屁でもない。——いや、自慢にはならないかもだが。それに、軽いイジメも、重いイジメも、どっちにしろ、覚悟の上で引き受けたのだ。好きな人から頼まれたから。この世の中で、一番大切な人に、頼まれたから。

「——お疲れ」

　寡黙な友人がぼそりと言って、ちいさく手を上げる。

　そちらにそそそと近づいて、

「駒澤《こまざわ》、今日のメニュー残りなに？　全体素振り？」

　こっそり訊く。

「文化祭の準備」

　言われて、脱力。——ここでもか。

「剣道部で文化祭とかって、例年そんなに力入れてないのにな」

もちろん、道場をざっと見回しても、運動部の劇に出るメンバーや関係者の先輩はまだ劇の練習から戻って来ていないし、全体的に人数すかすかな印象で、緊張感とか覇気とかはぜんぜんなくて、もういっそ、文化祭までは文化祭にかかりきりになっちゃえばいいじゃん。な、感じではあった。

「俺、外、走って来ようかな」

劇の練習に参加してると部活のアタマが削られるので、最近はずっと道場に上がる前のランニングや延々素振りとかまるきりできなくて、少しばかり欲求不満。体がなまってる気がしてしようがない。

「文化祭準備、サボるとうるさいぞ」

先輩が。と、こそりと駒澤が言う。

「わかってるけどさ、そうなんだけどさ」

もうめっちゃ走りたい気分なんだよっ！

「だったらここ入る前に走らないと」

駒澤が言う。——まさにせいろん。

「そうだった。どうせ遅刻なんだもんな、俺」

明日からはそうしよう。その辺ががーっと走り込んでから、道場に来よう。

「今日って衣装合わせなんだっけ？」

駒澤が訊く、引き続き小さな声で。

「うん、さっき終わって……、あ、野沢先輩見に来てた」

言うと、駒澤が僅かに俯《うつむ》く。――あ、照れてる。

同じ文化部でも文化祭当日に演奏を披露する吹奏楽部は当然、劇より部活優先である。依って、美術部や天文部などの展示が中心の文化部の三年生たちが主に劇の裏方を仕切っているのだが、吹奏楽部が本番で平安コスプレすることになったので、――吹奏楽部の一年生が大量に劇の賑やかしに投入されているので、着替えの時間や諸々を考慮して、いっそ、それ以外のメンバーが劇の出演者に合わせてしまおうと言うことになり、

「俺の帝の衣装、演奏の時野沢先輩が着るからさ、下見も兼ねてだってさ」

「……ふうん」

さして興味なさそうに相槌を打つが、

「皆から、帝の衣装似合いそうとか言われてたよ、野沢先輩」

「……へえ」

きっと脳内で帝姿の野沢先輩を想像してるに違いないのだ、駒澤のことなので。

大きくてどこもかしこもがっしりしてて、おまけに寡黙で強面で、道で擦れ違った女子高生

のみならずうっかりすると祠堂の先輩までもがさりげに避けてく威圧的な外見をしている友人だが、中身は大変繊細で且つロマンティストである。女々しいということではなく。

と言うか、ロマンティストという表現は男にしか適さないのではあるまいか、本来は。現実離れした夢見る能力というのは、男の特徴(?)のような気がする。

地に足が着いてない、と言い換えても良いのだが。

「駒澤んとこってかれこれ一年?」

付き合い始めてから。

「うん、まあ」

曖昧に、駒澤が頷く。

ふたりが付き合い始めたきっかけがきっかけだけに、あまり思い出したくもないのかもしれないが、駒澤は記念日とか、見かけによらず大切にするタイプなので、本当ならば一周年にはあれこれしたいのであろう。と、友人としてはちょっと同情。

「でも野沢さん、大雑把だからなあ……」

ぼそりと駒澤が言った。

「え? そっち?」

駒澤と野沢はすべてに於いて真逆のカップルである。繊細そうな外見なのに大変に大雑把でざっくりしている野沢と、ごつくて乱暴そうなのに繊細で優しい駒澤。
ま、そうだよな。あんな事件があったのに、ホントに普通に学校生活を送ってるもんなあ、野沢先輩。〝剣道部〟と言うだけで問答無用で忌み嫌われても当然なのに、その剣道部に在籍している駒澤へ、駒澤が側にいてくれるから自分は普通に生活していられるんだと、そんな風に言ってもらえたと前に駒澤が教えてくれたが、それもそうなのだろうがそれだけでなく、基本、大変タフな人なのだ。間違いなく、そう言うことだ。

「忘れてる、絶対」

「そんなことないだろ？　いくら野沢先輩でも」

「未だに俺の誕生日すら覚えてないのに？」

「そうなのか？」

そ、それは……。

真行寺と三洲の場合と違って、こちらはちゃんと付き合っているのだ。三洲が真行寺の誕生日をスルーなのはむしろ（カナシイことに）基本だが、駒澤と野沢はれっきとした恋人同士なのだ。にもかかわらず、恋人の誕生日を覚えてくれないとは……。

いろいろと男前過ぎです、野沢先輩！

「辛いな、駒澤」

しみじみ言うと、

「……慣れてるけどな」

そうだよな、慣れって、コワイ。

駒澤がふと顔を上げ、

「会長は？」

と訊く。

「あ、――ううん」

三洲生徒会長は今日の衣装合わせには顔を出さなかったのか？　という質問。と、理解。

「そっかー」

と、駒澤。やや俯く。

同情してくれてありがとう、駒澤！

三洲に頼まれたから劇に関しては日々頑張っているのだが、今のところ、生徒会が関係している通し稽古の時ですら会長は不在で、結果、オールスルーである。これっぽっちも、かかわってくれない。

徹底してるね。ここまで来ると、いっそ清々しいくらいだね！

と、強がりのひとつも言いたくなる。

三洲と寮の部屋が同室の葉山託生にそれとなく今日の衣装合わせのことを（遠回しに『アラタさん誘ってください』のつもりで）話したが、効果はなかった。

犬も、今更真行寺が葉山託生経由で伝えなくとも、生徒会の方で文化祭に関しての諸々の状況やスケジュールは把握しているので、対抗劇の衣装合わせのことなんか、とっくに知ってるはずなのだ。

──やれやれ。ホント、慣れってコワイ。

衣装合わせの会議室に野沢と一緒に葉山託生が現れた時、咄嗟に三洲の姿を捜して、案の定いないとわかっても、──ほらね。という気分で終わった。

一縷の期待が脆くも崩れても、切なさよりも、やっぱりな。が勝った。

いっそ好きじゃなくなったら楽だよなあ。こんなに気持ち、やさぐれなくても良いんだもんなあ。

と、昨日うっかり葉山託生に弱音を吐いてしまったのだが、優しい葉山サンは、真行寺が劇に出るのを三洲が嫌が（ってるように真行寺には感じられているのだ）るのはやきもちなのかも、と、天使のような発言をしてくれたのだが、

「……ありえない」

そんな訳ない。

真行寺が三洲のために劇を頑張ると宣言した時、『俺は関係ない』と、言い放った人なのだ。

「駒澤はさ、野沢先輩と進路の話、してる?」

こっそり訊くと、

「たまにする」

「野沢先輩、音大受けるんだって?」

「うん、トロンボーンで」

「――そっかー」

登校日に受験の話で盛り上がった時、野沢に『どの楽器で?』とまで話を掘り下げはしなかったが、なので真行寺は楽器名までは知らなかったが、駒澤は、野沢がどの楽器で受けるのかまで知ってるのか。――そりゃそうか。当然か。

「春休みに」

「へっ?」

春休み? 聞き間違え? 秋休みでなく?

「受かったら引っ越し手伝えって言われてる」

「大学の？　アパート借りるとか、そういう話？」

「力仕事得意だろって、決めつけられた」

不満そうな口ぶりなのに、嬉しそうだな、おい。

そっかー。そうだよなあ、恋人同士って、そうなんだよなー！

つまりそれは、大学進んで遠く離れ離れになっても付き合っていこうね、とゆー、告白でもあるわけだよな。

反対に、進路の話も将来のことも、なんにも教えてもらえないと言うことは――。

そっかー。こりゃ、厳しいな。今まで、うっすら思ってはいたが、やっぱりそうか、そういうことか。

駒澤と自分を比べてもなんの意味もないとわかってはいるが、そもそも、立ち位置違うんだし。でも、現実、そうだよな。

「おいミカド！」

いきなりボンと力強く肩を叩かれ、

「はいっ！」

真行寺はびびくっと振り返った。

運動部の劇の練習に参加していたはずの先輩が、そこにいた。

「今日、衣装合わせだったんだろ？」

にやりと訊く。

「はっ、そうっす！」

「で？　結局かぐや姫、誰がやんの？　衣装合わせ、したんだよな？」

「かぐや姫のは、してないっす」

「隠すなよお。そろそろ教えてくれても良いんじゃねーの？」

「や、隠してないっす。てか、今回いないいんじゃないすか、かぐや姫」

今日の衣装合わせにもいなかったが、そもそも脚本の中にもいなければ、書き割り以外の影すら見たことも聞いたこともない。

「主役なのにいないのか？」

「んなわけないだろ！　最大のウリじゃんか、かぐや姫！」

他の先輩の茶々が入る。

「なら文化部、どんだけごっつい美少女隠してんだ？」

「隠してないと思います。ってか、最初からいなくて今もいないっすよ、かぐや姫」

「姫なしで行くってことか？」

「練習はそれでやってますけど」

かぐや姫なしでも、ちゃんと話はまとまってる。「赤ん坊の時は人形だし、おっきくなってからのは御簾《みす》の向こうにそれっぽい書き割りたてて、シルエットだけ影絵みたいに映して、かぐや姫のセリフの部分は周囲のセリフで補ってますから」

理路整然と説明したのに、

「わかった。真行寺、お前、警戒されてるんだよ、スパイじゃないかと」

「――はあ」

スパイっすか？

確かに自分は文化部だらけに唯一の運動部っすけどね。

今回の劇にスパイに警戒しなければならない要素がついぞ見当たらないのだが、

「考え過ぎじゃないっすか？」

それとも、そう思ってるのは自分だけなのか？

「か、当日発表でインパクト狙いだな」

「そうっすかね？」

そんな気配もなさそうだが。

「あいつら、文化部め、話題作りも巧妙だな」

「――そうっすか？」

こっちで勝手な憶測して、勝手に盛り上がってるだけなような気がするけどなあ。

むしろそれこそが狙いと言えば狙いで、しかもまんまと運動部はその術中にはまっていると言う……。とかかも？

「でも、おばあさん以外に女装の人、いないんすけど」

かぐや姫の衣装も、あの場にはなかった。

「確かになあ、候補になる学生がいないんだよなあ、今年は」

真行寺のおばあさんの説明とは関係なく、時間差で、先輩がようやく同意してくれた。——やれやれだ。

昨年の高林泉のケースは、例外中の例外だろう。あれは本当に凄かった。凄まじかった。文化部の高林が運動部の劇に出るというだけでなく、絶対に劇には出ないし女装なんか以ての外と、入学以来きつく周囲の誘いを断り続けた高林が劇に出るのを承知して、ギャグテイストではなくちゃんときっちり女装して、そのドレス姿が超絶美少女で、もうみんな、完全にやられてしまったのだ。いきなりレジェンドとなったのだ。話題騒然。注目度ナンバーワン。中身が男とわかっているのに、祠堂学生のみならず、劇を見た他校男子から告白の嵐だったとかどうとか、後日談まで華やかで。

三年生は劇の出演から外れる決まりを踏まえ、残された一年二年の中で（いっそ文化部だけでなく運動部も含めその上に、部活をしていない他の学生を含めても！）そこまでの美少女に扮装できる美少年がいるかと訊かれると難しいのだ。昨年の高林とほぼ同等できればそれ以上に注目されるような逸材を求めても、残念ながら、今の祠堂には存在しない。

そんなわかりきった現実があるのになんだって運動部の先輩方は、隠し球のかぐや姫を延々ずーっと疑い続けているのであろうか？

もしかして。去年のことで相当文化部に恨まれてる自覚があるのか？　ただでは済まない気迫と言うか、強迫観念を、感じているのか？

「ずるいことすると、後がおっかないな」

こっそり呟く。

倍返しされると思って警戒しているのだろうか。——向こうはそりゃ、やれるものならしたいだろうが。

そう言えば。

去年の本番、あの時は、窮地をアラタさんに救ってもらった。

そうだった。意地悪な遣り方だったけれども、解決策をアラタさんが提示してくれた。

助けてくれたけど、不機嫌。が、去年。

劇に出ろと命令されて引き受けたら、不機嫌。が、今年。

真摯に想いを寄せても寄せてもつれなくされた帝の気持ち、すっごく理解。それでも最後の最後までかぐや姫を想ってて、

「かぐや姫から別れにもらった不死の薬を、かぐや姫がいない人生にどんな価値があるのだと頂上の火口に投げ入れて燃やしたから不死の山ならぬ富士山て、――最後は駄洒落かよ！」

てな感じではあるのだが、それはともかく。

数人の先輩たちでなにやらひそひそ話していたが、ひとりがふと顔を上げ、

「こうなったらいっそ真行寺、お前、こっちの劇にも出ろ」

と言った。

「はあ⁉」

「掛け持ちしろ、あっちとこっち」

「無茶言わないでくださいよ！　無理に決まってんじゃないすか！」

「口答えすんな、出ろったら出ろ！」

「無理ですって！」

「先輩の命令が聞けないのか！」

「そーゆー問題じゃ――」

「いいなこれは命令だからな！」

断言されて、真行寺は黙って、先輩を見る。

運動部に於いていくら先輩の命令が絶対だとしても、物事には限度がある。無理が通れば道理が引っ込むものだけれども、それにしたって、限度がある。

まっすぐに、睨みつけるように先輩を見て、真行寺は先輩たちへ一礼すると、そのまま道場から出て行った。

——どこの利かん坊だ、ったくもお。

「やってらんね」

理不尽なのはアラタさんひとりで充分だ。

「真行寺」

薄暗い部室で着替えていると、ドアからぼそっと駒澤が呼んだ。

「止めても道場へは戻らないからな」

背中を向けたまま告げると、

「俺も帰る」

言って、駒澤も部室に入って着替え始める。

「おわっ、なにやってんだよ駒澤、先輩に――」

「どうせ文化祭の準備だし、たいしてやることないし」

「そうだけど、――いいのか？」

ついさっき、サボると先輩がうるさいぞと真行寺を窘《たしな》めたのは、外ならぬ駒澤だ。「目ェ付けられても知らないぞ」

「今月で三年引退なのに？」

駒澤が訊く。――そうでした。文化祭と体育祭が終わったら、剣道部の三年生は部活を引退するのでした。

忘れてた。

「なんか、ずっとこのままかと思ってた」

そうだった。引退もするし、卒業もするんだった、三年生って。

三洲がいなくなることには敏感なのに、日常生活には鈍感だった。部活の先輩たちだって、同じ三年生なのにだ。

「早いトコは夏休み明けからもう引退だし」

駒澤が言う。

「あーそーかあ。そーだっけなあ」

去年も、中学の時もそんなだったのを思い出した。「――もしかして、珍しく駒澤、怒ってる？」

粗野な外見とは裏腹に、部内で一、二の懐の深さを持つ温厚な駒澤は、運動部に所属している以上先輩には絶対服従を旨としているが、それを前提に据え、部内の荒っぽい揉め事はたいてい（下級生たちでどうにかできる場合は）駒澤が中心になって、丸く収めてくれるのが常なのだが、

「さすがに酷《ひど》い」

ぼそりとコメント。

「――ありがと」

それだけで、なんだかとっても報われた気分だ。「俺、駒澤と友だちで良かったー」

「根拠ないから、気にすんな」

しかも冷静な助言まで。

「ありがとっ、駒澤！」

実際に真行寺が無理矢理命令されて運動部の劇にも出ることになりました、となったなら、文化部の三年生たちと場外乱闘に発展するに違いない。

場外乱闘は未然に防げたものの、明日、部活に顔出すの、けっこうキツイかもしれないが、まあ、それはそれとして。

「時間少し早いけど、学食行く？」

訊くと、

「腹減った」

駒澤が頷く。

「あ。ってことは、十月になったら俺らの中から部長副部長決めるわけ？」

上がいないと、俄然眺めが良くなるなあ。

「しっかりした奴、選ばないとな」

駒澤のセリフに、

「他人事みたいに言っちゃって。駒澤がいるじゃん」

むしろ適任？

「副ならいいけど、部長は無理」

「謙遜すんなよー」

「裏方なら俺にもできそうだけど、部長はもっと、前に出る奴じゃないと。真行寺みたいな」

「えっ、俺!?　ムリムリ、俺もムリ。てか、俺は平の部員がいい。練習に集中したいぜ」

試合で負ける度に修行不足と散々三洲に馬鹿にされるので、来年は見返してやりたいのだ。真行寺も捨てたもんじゃないと、一度で良いから言われてみたい。

「それを言うなら、俺だって」

と、駒澤。

なんたっていよいよの最高学年、インターハイに挑めるのも来年が最後だ。

「なら駒澤手始めに、学食までランニング、する？」

なまってるこの体に全力疾走、気持ち良さそうだ。

「――いいけど」

道着の下に着たTシャツを頭まで脱ぎ掛けていた駒澤は、「また汗かくなら、下このままでいいか」

と、元に戻す。

その盛り上がった肩に、背中にかけて、何本かの細くて赤い蚯蚓脹《みみずば》れ。

「ケガしたのか、それ？」

訊くと、

「え、――うわ」

駒澤が慌てて手で隠す。が、手遅れだった、完全に。「なななんでもない」

しかも下の方は手が届かないから隠れてないし。

わかっちゃったぞ。爪の跡、だ。

黙ってにやにやしている真行寺へ、

「……わざと引っ掻くんだよ」

渋々と駒澤が言う。

「へえぇ」

更ににやにや。

「跡付けんの、好きだから」

野沢さん。と、もごもごと。

「ぜんぜん気づいてなかったのか？」

背中のとこ。

「気づかなかった。痛くないし」

駒澤の見えない場所にわざと付けているのだとしたら、完全に、他者に対するマーキングだよな。こいつは自分のものだから手を出すなと、びしっと牽制してるのだ。——やっぱり男前だ、野沢先輩！

「愛されてんなあ駒澤」

ホントにもう、こんなにわかりやすく表現されて、羨ましいったらありゃしない。

うちとは反対。とことん、反対。

愛されてないだけでなく、ちょっとでも跡を付けようものなら逆鱗《げきりん》に触《ふ》れる。二度とさせない、とまで宣告される。

ああでも、それすらも、今となっては遠き良き思い出だ。

夏休みの登校日に講堂でちらっと見かけて以来、三洲を間近に見ることすらない。俄然放課後が忙しくなった真行寺は三洲がまだいるであろう時間のうちに生徒会室に立ち寄ることもできなくなったし、学食でたまに見かけても、俺に声を掛けるなオーラが出まくりなのだ。あんなんでは、もちろん寮の部屋にも訪ねて行けない。怖《お》っかなくて。

「や、そーゆーんじゃなくて、……癖だし」

照れてる、照れてる。

「マーキングなのに？　癖とは別だぞ？」

「なんだ、マーキングって？」

駒澤が訊く。それも真顔で。

「――え。知らない？　マーキング？」

「犬の小便？」

「それはテリトリーの主張だろ？　あ、似たようなもんか」

汚れてないなあ、駒澤って。そっちのマーキングを知ってても、こっちのマーキングは知らないのか。「野沢先輩なりの自己主張って言うか、駒澤に悪い虫が付かないよう牽制してるってことじゃん」

「俺に悪い虫？」

駒澤は心底不思議そうな表情で、「そんなん付くわけないのにか？　牽制しなきゃならない相手もいないのに、野沢さんてヘンだよな」

「ヘンかもだけど、ヘンじゃないって」

惚れた欲目？　あ、あれだ、女房妬くほど亭主モテもせず、ってのだ。

冗談はさておき、だが駒澤は、見た目は非常に強面だが中身は大変に良い男だ。お世辞にも一目惚れされるタイプではないが、あの野沢先輩が不安に駆られて存在してなどいない敵を牽制しまくるくらいに、魅力的な奴なのだ。

今まで、他人の恋話を聞いて羨ましいと思ったことは幸いにして一度もなかったが、――自分が好きになった人は付き合い方が困難でも世界で一番素晴らしい人と思っていたから、なかったのだが、今でも三洲はとても素晴らしい人と思ってはいるが、こんな近くにこんなに満たされた恋愛をしてる友人がいると、けっこう、こたえる。

恋愛なんて人それぞれなんだから、誰とも比べるようなことではないとわかっているのに、ちょっと辛い。

道着から制服ではなくジャージに着替えて、荷物を手に部室を出る。

「よし、学食まで競争！」

真行寺が言うと、

「受けて立つ！」

駒澤が応えた。

「よーい、……どん！」

で、全力疾走。肩に掛けたスポーツバッグがずり落ちそうになるのをしっかり握って、林の道を駆けてゆく。

校舎の近くを通る時、どこからともなく風に乗って聞こえて来る吹奏楽部の練習音に、心なし嬉しそうな駒澤に、胸が痛んだ。

——自然消滅、って、ことだろうか。

夏休みから今日現在までの三洲の真行寺に対する言動をまとめると、そういうこと、なのだろうか？

せっかく、面と向かって言ってもらえたのに。

『俺を捨てようなんてな、そんな権利、お前にはないんだよ。わかってるのか』

あの時、初めて三洲が〝デート〟の単語を口にしてくれた。真行寺が冗談交じりでデートと言うと即刻その場で却下及び訂正されるのが常なのに、あの時は三洲が自ら、『──夏休み、俺とデートしろ』

と言ってくれたのだ。

天にも昇る心持ちでいたけれど、真行寺からは捨てられなくとも三洲が真行寺を捨てることは可能なわけで。

「やば……」

『家族に会わせたくないだけだから』

と言われた時の、最悪な気持ちを思い出す。

あの後、せっかく懸命に封印したのに。

絶望という日本語は、こういう時に使うのだなと、しみじみ思った。

三洲は何度か真行寺の家に来てくれたが、真行寺が三洲の家に招かれたことは一度もない。

だから真行寺は三洲の家の外観すら知らない。

芋づる式に、切ないことばかり思い出す。

「気安く家に電話して来るなって、言われたこと、あったっけな……」

だが真行寺から連絡しなければ長期休暇に三洲とは会えない。声も聞けない。

全力疾走の激しい息遣いの中、汗とも涙ともつかないものが眦《まなじり》に流れる。

――希望的観測を続けて行くのは、難しい。

もうそろそろ、現実を正しく受け止める必要があるのかもしれない。

『最後の夏だし』

やけに耳に残って仕方のなかったあの呟きは、三洲にとって今年が高校生活最後の夏だからという意味ではなく、ふたりで過ごす最後の夏という意味だったのだ。だからデートしてくれて、それまでは断固拒否されたのに、真行寺の実家の真行寺の部屋で、許してくれたのだ。あの二日間は、真行寺にとって破格の待遇だっただけでなく、今思い返しても、まるで素晴らしい思い出をプレゼントしてくれたかのような甘い時間だったのだから。

その後の伊豆に関しては三洲としても不測の事態だったのだろうが、まだはっきり別れを告げられたわけでもないが、でも、だとしたら、いろんなことが合点が行く。悲しいかな、けれど合点が行く。

三洲が今回の劇で真行寺に一切かかわらないのは、文字通り、夏を境に真行寺兼満と距離を置く、そういうことだ。

アラタさんがそうしたいと言うのなら、――受け入れるしかないよな。

どのみち片思いだ。真行寺が一方的に三洲を好きな、だけなのだ。

「あっれー、あいつ部活サボりか？」

窓の外を見下ろして、大路が言った。

「――ん？」

生徒会室。机で書類のチェックをしていた三洲は、書類に目を落としたまま、他意はなく相槌を打つ。

「真行寺。同じ剣道部の駒澤と、下の道、向こうへ走り抜けてった」

「……へえ？」

『明日の放課後、劇の衣装合わせするんだって。真行寺くんの御門姿、初披露なんだよ』

お節介な葉山託生。

『ぼくを通して三洲くんを誘いたかったんだよ』

いつの間にそんなことを真行寺に頼まれていたんだ？　そもそも、衣装合わせを見に来いとは、どれだけ自信家だ真行寺？

劇に出るよう仕向けたのは確かに自分だが、そんなことは、かかわる謂《いわ》れにはならない。

「この時間ならまだ部活中だよな。ふたりとも二年の主力選手のくせして、部活サボってどこに行くんだ？」

「それ本気で言ってるのか？　大路が真行寺に興味があるとは到底思われないけどな」

三洲が笑うと、

「もちろん陰口に決まってるだろ。方向からして行き先は学食と見たね。食い意地張ってて、みっともないよな」

大路は席に座り直して、「っと、確か今日だったよな、文化部の衣装合わせ」

思い出す。

「そうだよ。会議室で三時半から」

作業を進めつつ三洲が応えると、

「じゃあそっちはもう終わったんだ。――真行寺のヤツ、今日は衣装合わせだけで部活の方は完全サボりか」

「真行寺のことはもういいだろ。それより仕事。早く片付けないとじきに皆が新たなノルマを手に戻って来るぞ」

「そうでした」

大路は肩を竦めて、「月末の生徒総会目指してなんとか走り抜けような、三洲会長！」

親指を立てる。

三洲は軽く微笑むと、

「と、しゃべってる間に手を動かしてくれると効率が上がって大変助かるんだけどなあ、副会長殿？」

大路の書類を指さした。

「ごめんごめん、そうでした。お仕事お仕事ー」

鼻歌のように節を付けて、大路が応える。

――まったく。

『ちゃんとつかまえといてあげないと、真行寺くん、逃亡しちゃうよ？』

とことんお節介だな、葉山託生。

『どんなに挫けててもよそ見はするなって釘を刺しておかないと、ホントに参ってたから真行寺くん、誰かに優しくされたらほろってなっちゃうかもしれないよ？』

それならそれで、いいんじゃないか？　うるさくつきまとわれずに済むからな。

咄嗟に託生に言い返し、だが、顔は見られなかった。――目を合わせては、言えなかった。

どうしたものかと考えている。ずっと思案し続けている。受験勉強に集中するには、明らかにあいつは邪魔なのだ。存在を思い出すだけで、イラっとするのだ。

おまけに、どんなつもりで託生がリークしたのか知らないが、

『三洲くんのこと、好きでなくなったら、楽になるのに、とか、どうとか』

好きでなくなる？

真行寺のくせに生意気な。

ほら、思い出すだけで苛々する。——切り離せたら楽になるのは、真行寺だけじゃないんだよ、葉山。

目の端に映る窓。

九月のこの時期では日没までには間があって、この時間でも外は充分に明るくて、たとえ空に月が昇っていたとしても気づかない。

かぐや姫だのアルテミスだの。

アラタさん……。

『知ってる、アラタさん？　アラタさんの名前をアルファベットで書くと、並びが、まるでアルテミス、みたいなんだよ』

すっごく綺麗……。

随分昔の寝言のような呟きを未だに覚えている自分もどうかと思うが、いちいちくだらない

ことを言うあいつの方もどうかと思う。

新学期が始まって、真行寺に対して絶対こっちに近寄るなオーラを大放出しているのは自分だが、びびって本当にこれっぽっちも近づいて来ない真行寺に、そのくせ葉山託生には相変わらずくっついて回る真行寺に、苛々しないわけがない。

前に釘を刺したのに、だ。あまり葉山には懐くなと。

「あれ、三洲そこ、一個とばしてる」

大路が言う。

「え？　——あ」

項目二の次が四になってた。「ありがとう大路、教えてくれて」

三洲がにっこり微笑むと、

「いやいやいやいや、誰でも間違いはあるし、早めに気づいて良かったな、って言うか、さすがの三洲も疲れてるんじゃないか？」

照れまくりの大路が忙しなく言う。

疲れなんかどうでも良いのだ。

どんなに疲れていようとも、とにかく片端から片付けて次に行きたい。さっさと終えてどっぷり受験勉強に打ち込みたい。

医大を受けるにしろ医学部を受けるにしろ、どのみち医療関係は進学にけっこうなお金がかかる。父方の親族は開業医ばかりで子供を私学の医学部に進ませるなど造作もないが、そこそこ裕福でも三洲の家は一般家庭である。何々系が良いとかどこそこ会にしておけとか、親戚にいろいろ勧められはするけれども、彼らがどこに属していようと自分には加わりたい派閥があるわけでなし、第一希望は学校名に関係なく親に金銭的な負担を極力かけずに済む国公立だ。倍率が高くなるのは自明の理として、——だが、不純な動機を持つ自分は果たして医学を目指して良いのだろうか？

医者になってやりたいことがあるわけではない。

人命を助けたいとか地球上から病気をなくしたいとか開業医になって稼ぎたいとか社会的ステイタスを上げたいとか、そんなつもりも毛頭ない。

ただ単に勉強の過程で学べる幾つかを、自分の技術として体得したいだけだ。幸いにも、どうして医大に進みたいのかと未だに誰も理由を訊かない。父方の親戚に、ようやくその気になったかと両手を挙げて喜ばれている、その程度だ。

バイオリンをやっている葉山託生に「どこの音大を受けるのか」とは訊いても「どうして音大を受けたいのか」と誰も訊かないのと同じ仕組みだ。環境の中で違和感がなく且つゴールが明確だと、人は動機を問わないものだ。

訊かれないのを幸いに、この道を進んでいる。一抹の後ろめたさを抱えたまま。

「うわっ！　つつっ！」

がささっと音がして、背の高い紙袋が倒れた拍子に、書類が床に散らばった。

躓《つまず》いてぶつけた足の指が痛いのだが、それよりも、

「ごめんっ、三洲くんっ！　大事な書類をっ！」

ここに三洲はいないのに、咄嗟に謝った託生は急いでしゃがんで書類を拾いにかかる。

寮の２７０号室、託生と三洲の部屋の中。

倒れた紙袋を元に戻して、集めた書類も中へ元に戻そうとして、

「――あれ？」

てっきり紙袋一杯に書類が入っているものと思っていたのだが、奥に、袋の下の方に、賑やかな印刷の別のものが。

週刊少年チャンプ。――なんで紙袋に、こんなにたくさん？

「こっちに四冊」

と、もしかして。

似たような紙袋がもうひとつ一緒に床に置かれている。——夏休みの登校日、朝早く登校して部屋に立ち寄った時には既にここに置かれていたふたつの紙袋、三洲の荷物だ。

目隠しのように重ねられた書類をどけると案の定、

「こっちにも四冊だ」

週刊少年チャンプがいる。

四冊と四冊で、八冊。勝手に見たら悪いかなあと思いつつ、雑誌を引っ張り出して何号かを確かめる。もちろん八冊とも続き番号で、ちょうど夏休み直前あたりから先週号までが入っていた。

「てっきり生徒会の書類が入ってるのかと思ってた」

紙袋ふたつ分もで、ずっしりで、三洲の仕事の大変さをしみじみと慮《おもんぱか》ったものなのだが、あの時は。「これって〝積ん読〟ってのかなあ?」

買ったはいいが読まれぬまま積まれた状態の本たちなのか?

多忙な三洲。夏休み中は知らないが、二学期になって学校が始まってから、部屋でのんびりマンガを読んでいる姿を見たことはない。読めないまま、こんなに溜まってしまったのか。でもなんでカムフラージュするみたいに、紙袋へ?

「あ、真行寺くん対策？」

まだ読んでない本を勝手に持って行かれないように？　とか？

だが真行寺が勝手に持って行っても、むしろそれは普通の光景だ。

「三洲くんの十八番、謎の行動発動ってこと？　それにしても律義だなあ」

新品のままこんなに溜めているのに、それでもちゃんと毎週買っているのか。——普通ここまで溜めたなら（読む暇がないのなら）もう買わないと判断しそうだ。

授業で配られた教科書ではあるまいし、マンガを読むのは趣味であってノルマじゃない。無類のマンガ好きとは到底思えない三洲は、多分マンガはこれしか読んでないだろう。でも、どうしてもこれが読みたくて買ってる印象も、あまりない。

「むしろ、ガッガッに読みたがるのは真行寺くんの方だよな」

この作品のここがこんなふうに面白いのだと、マンガの一場面を、声優のように脚色しながら読み上げてくれるのだ、真行寺は。

託生もあまりマンガは読まない。好きか嫌いかならば好きだと思うが、さほど熱中したりはしない。なので、部屋にマンガの本が積まれていても、三洲との間でマンガの内容について話したことは一度もない。そもそも、目の前にある本を借りたこともないのである。

入学以来、毎週欠かさず買い続けているそうなのだが、

「三洲くん、これに載ってるどの作品が好きなんだろう?」

そんなことすら、知らないままだ。

こんなに溜めておくくらいなら、読むのを待たず、いっそまとめて真行寺に貸し出してしまえば良いのに。

「あ、でも、お金出して買ってるのは三洲くんなんだよね」

真行寺は借りて読むだけで。「バランス悪いと言えば悪いのか」

ふたりで読むのに三洲ばかりが買ってるとは。

だが、ふたりを繋ぐ最大のツールだ。雑誌をネタに、接点を作る。

そのツールがこの有様。この冊数分だけ、ふたりの会うはずだった回数がなかったことになるのである。

「道理でなあ、凹んでたわけだよ、真行寺くん」

おかげで大好きなマンガがずっと読めてない。ではなく、マンガをダシに三洲に会える機会すらなくて、そういう意味でも、多少の弱音は仕方ないかも。

本日の衣装合わせにも、結局最後まで三洲は姿を現さなかった。ちらりとでも見てあげれば良いのにな、と、思うけれども強制はできない。

野沢と一緒に物見遊山で衣装合わせを見物に行った託生は、そこで楽しいひとときを過ごした後、温室でバイオリンの練習をするべく270号室に楽器を取りに来たのである。その最中に、紙袋に思いきり躓いてしまったのであった。

バイオリンを手にする前にこけたので、そこはひとまずホッとするが、

「七夕の時もきりきりしてたな、三洲くん」

音楽鑑賞会の準備やら、いろんなことが重なって、ずいぶんとしんどそうだった。食欲も落ちてて、あの頃もさほど真行寺とは会ってなくて、相楽先輩のことも含め、託生はひとりでやきもきしたものだ。

「好きな人と何日も会えなくても、平気なタイプなのかな、三洲くんて」

――好きな人、の部分にクレームが付きそうだが、真行寺のことを俺の所有物と言い切ったのだから、恋人同士のくくりには入らなくとも充分に、三洲は真行寺が好きだと思う。

と、うっかり口にして、三洲の地雷を踏んだのは紛れもない自分だが、それで激しく機嫌を損ねたが、でも間違ってはいない気がする。

「三洲くん、真行寺くんのこと、ものすごく好きだと思うな」

それなのに、なんだかまたしてもややこしい感じのふたりなのだ。

部屋に置かれたふたつの紙袋。

「余計なことすると、またギイに叱られちゃうかな」

他人の恋路には絶対に口出しするなと、何度も、何度も、釘を刺されている身である。

でもだけど、今日の衣装合わせも含め、真行寺はいつだって三洲のために頑張っている。一所懸命、恋をしている。その真行寺に、好きでなければ楽なのに、と言わせてしまう状況は、そこまで気持ちが追い詰められている現状は、どう考えたって気の毒だ。

「三洲くんにも、嫌われちゃうかなあ」

余計なこと、しない方が良いのかな。

わからないが、

「ま、いいか」

託生は決めて、部屋を出た。

ドアにコンコンとノックがあり、

「お邪魔しまーす」

ひょっこりギイが顔を覗かせた。

「あれ、ギイ」

大路が素早く腰を浮かせて、——御曹司には皆弱い。「どうしたんだい？　誰に用？」

と訊いた。

「三洲に、ちょっと」

ギイが微妙な笑みを作るので、

「崎。まだこの上、厄介事を持ち込む気じゃあるまいな」

三洲は反射的に身構える。

「嫌だな三洲、そんなに警戒するなよ」

「警戒したくもなるだろう」

「あれ？　今、忙しい？　——忙しそうだな」

「わかってるならいちいち訊くな。ご覧のとおり、書類まみれだ。通常業務に余計なものを足してくれた誰かさんたちのおかげでね」

本年度階段長の総意として、代表して崎義一が生徒総会に向けての議題のひとつとして、いきなり捩じ込んで来た懸案。秋休み全撤廃というかなり厄介な懸案なのだが、受理した以上、対応はしている。校則に係る事柄なので今回の生徒総会には教師たちの登壇も考慮しなければならなくなった。その前に、厄介な根回しがいくつもいくつも待っている。

かなりの無茶を三洲に押し付けたばかりのギイは、と三洲に言われて、また笑う。——完全なる誤魔化し笑いだ。

「十五分、……いや十分でいいや。顔貸してもらえないかな、三洲」

「どこへだ」

こんなに書類まみれの自分を、わざわざ外へ連れ出そうと言うのか？

遠回しに断ったつもりなのだが、

「うーんと、どこかその辺り？」

伝わらなかったギイに、

「いいよ三洲、行って来て。続きこっちでやってるし」

大路がすかさず気を回す。

小さな親切大きなお世話という標語を知らないのか、大路？

と、心の中でごちてみて、

「わかった。五分で戻るから」

三洲は椅子から立ち上がる。——セッティングされてしまったので、仕方なく。

「了解！」

大路は三洲へ敬礼してから、「ごゆっくりー」

愛想良くギイに言った。

「五分、五分、と」

三洲の厭味を耳聡く拾ったギイは、と、楽しそうに口ずさみながら、廊下を先導するように歩いて行く。その後をついて、校舎の端まで。

ギイは突き当たりの特別教室のドアを開け、どこにも誰もいないのを確認して、

「ここでいっか」

と中に入る。

そのままグラウンド側のベランダに出て、遅れずについて来た三洲へ、

「存外校舎の中ってどこも声が響いて、内緒話がし難いんだよな」

と笑った。

「――内緒話？」

「三洲がなにも言い出さないからスルーのままでも良かったんだけどさ」

ギイはベランダの手摺りに頬杖を突くと、「登校日の夜、オレのケータイ鳴らしただろ？

ほんの一瞬」

「――なんだ」

そのことか。

「なにかの弾みでうっかり繋がることがあるからさ、間違い電話なんだろうなと思ってはいた

んだ」

「それで？」

「日曜日に生徒会室でふたりきりで話した時も、三洲は普段と変わらなかったし、電話の件にも触れて来ないし、これはますますもって間違い電話だったんだなと」

「なにが言いたいんだ、崎」

「用件て、なんだった？」

「――はい？」

「あったんだろ、オレに、用事が」

「ないよ。間違い電話だからな」

「ぜんぜんない？　まるきりない？」

しつこく訊くと、三洲が突然、

「そうだ。あの子、じゃない、あの人、どうなったんだ？」

九鬼島の、と訊いた。

「もしかして、雅彦さん？」

「そう、一年の乙骨の従兄弟」

「なんで三洲が雅彦さんのこと、気にするんだ？」

ギイは、あ、と口を開くと、「あああ、泣かせちゃったこと、まだ気にしてるのか？　もう大丈夫だって、雅彦さん、気にしてないって」

「違うと言ってる」

以前にも否定したのにこの男はまたそれを！　引け目を感じて、ではなく、「前に、離婚がどうとか、——ＤＮＡがどうとか、話してただろ？」

「ああ、……うん、まあな」

「そういうのって、どこでやるんだ？」

「そういうのって、なに？」

「……血縁関係を調べるの、とかだよ」

「乙骨財閥に医薬系の企業があるからそこでも調べられるんだけどさ、血縁関係の有無を調べるのに身内使うのは問題だろ？　ああいうのは第三者機関ってのが必須だから。今回は、守秘義務に定評のあるとある会社が調べたんだよ」

「——崎の系列か？」

「お。鋭い。そうです、うちの傘下です」

「日本国内で？」

「いや、海外」

「幾らくらいかかるものなんだ？」

「今回は物凄く精度を上げてあの手この手で調べたからな、通常より時間もかかってるし、金額もそれなりかな」

「それなりで、幾らなんだよ」

「んー、日本円だと百万くらいかな」

「そんなにかかるものなのか⁉」

「いや、かかんないって！　今回はホント、絶対に検査ミスが許されないから万全に万全を重ねた遣り方したからその金額なんだけど、ＤＮＡ鑑定ってぴんきりだから。金額も精度も、ぴんきりだから。安けりゃ数万で、そこそこの結果は出るよ」

「――そうなんだ」

「調べたいなら、協力するけど？」

「……え？」

「同級生価格、設定するよ？」

「別に、調べたいわけじゃ……」

「誰のなにを調べたいかは守秘義務だから、とことん秘密裡にやれるから」

「いや、一般論として興味があったから訊いただけだから、鑑定のことは。それより、雅彦さんは路頭に迷ったりはしてないのか？」

「うおっ、優しいなあ、三洲。一度泣かせたきりの相手をそこまで思い遣ってくれるとは！」

「崎！　その人聞きの悪い言い方、いい加減やめてくれないか」

泣かせた泣かせたと、しつこいな。

「悪い悪い。実はまだ調べてる最中なんだよ」

「父親とは血が繋がってなかったとか、聞いたような気もするんだが」

「その記憶、正しい」

ギイは人差し指をこめかみに当てると、「さすが、三洲」

「いや、誉められても……」

「乙骨財閥との血縁は否定されたんだが、だったら雅彦さんは母親と誰との息子なのかと、現在それを調べてる最中なんだ」

「それ、探偵とかの範疇《はんちゅう》なんじゃ……？」

「だろ？　調べるにしてもむしろ探偵だけにしておくべきだよな。ＤＮＡによる遺伝上の父親探しなんて行為、本人が申請するならまだしも周囲が勝手に行うのは、――犯罪捜査じゃあるまいし、まあ親族からしてみたら遺産相続詐欺の被害者くらいの気分だろうからいっそ犯罪の範疇かもしれないけどさ、個人情報保護の観点から行くと、大いに問題ありなんじゃないかとオレは思うね」

「ずいぶんと強引なんだな」

「必死な人間はたいてい強引だよ」

「——まあな」

「それはそれとして、うちの企業、日本に於いては外国ものだから、日本人のサンプルが少なくてさ。同級生価格の調べものは措いといて、三洲、サンプル取らせてもらっても良い？」

「嫌に決まってるだろ！」

「いざって言う時、役に立つぞ」

「いざってなんだよ」

「たとえば、飛行機が落ちて全員焼死と言う時に、有効な皮膚組織がほんの少しでも残っていたらこの遺体は三洲、と、即刻断定できる」

「そういう不吉な話を本人の目の前でよく平気でできるものだな」

なんて冷たい人間だ。

「その程度の危機管理もしないで、よく平気で生活していられるよな」

さらりと返されたギイのセリフに、三洲が黙った。

「崎、それがグローバルスタンダードなわけ？」

「まだスタンダードじゃないさ。そもそも、危機管理と言うのはひたすら先手を打つことだからな、簡単じゃない」

それに、とギイが続ける。「危機管理で先手を打った諸々が実際に使われない方が、しあわせに決まってるんだよ」

悪いことが起きていないと言うことなのだから。

「——たとえば、俺のDNAサンプルを提供するとして、悪用されない保証はあるのか？」

「なにを以て悪用なのかを明確にした後に、ほら、人によって許容範囲と使用目的が違うからさ。その上で、ちゃんと書面にして、きっちり管理するから、三洲が悪用と感じる範囲のことには使われないと解釈して良いよ」

「……そうか」

「サンプルだから、検査料タダだしな」

「ただって、無料ってことか？」

「もちろん無料。むしろ謝礼が出るケース」

「謝礼はいらないが、……そうか」

そういう世界が、あるのか。

「絶賛サンプル募集中だから、三洲の家族が協力してくれるなら、大歓迎だし」

「……へえ？」

「いつでも言って。こっちはいつでも準備万端整ってるから」

「わかった」

頷いて、改めて三洲は外の景色に目を移した。「広いよな、祠堂のグラウンド」

ギイも正面を向き直ると、

「確かにな。無駄に広い」

「葉山のおかげだな」

「なにが？」

「景色の見え方が変わったよ」

「景色って、……もしかしてオレのことか？」

「前よりは、嫌いじゃないよ」

「そりゃどうも」

だがまだ嫌いと言うことだよな。

と、面と向かって言われるオレの気持ちは考慮なしか？　と突っ込みたいところだが、やめておく。

「雅彦さんて、父親と仲が良かったんだよな？」

「父親って乙骨幹彦《みきひこ》氏のことか？」

「いや、名前までは知らないが、育ての親の方と言えばいいのか？」

「ああ、すごく仲良しだった。雅彦さんが父親っ子だったってだけでなく、幹彦氏が雅彦さんのことを大好きなんだ。ものすごく、可愛がってた」

「なのに引き裂かれるのは、気の毒だな」

「そんなことはないさ」

あっけらかんと、ギイが言う。

「また崎は、そういう冷たい――」

「血の繋がりがないとわかったところで、幹彦氏が雅彦さんを可愛いと思ってることには変わりはないからな。危篤状態の病人に本心訊くのは不可能だけれど、赤ん坊の時から父親として愛情かけてずっと育てて来たんだぜ？　今更、誰の子だってかまやしないんじゃないか？」

「……それは、どうかな？　反対じゃないか？」

妻の裏切りに傷ついて可愛さ余って憎さ百倍のコースでは？

ギイはぽんぽんと手摺りを軽く叩きながら、

「それに、承知の上ってこともあるしな」

さりげなく続けた。

「出生の段階で、自分の息子じゃないとわかってたってことか？」

「可能性として、なくはないんだ。雅彦さんの母親は、それまで付き合ってた恋人と別れた直後に幹彦氏と知り合って、すぐに結婚したから」

「あれ、不倫と言ってなかったか？」

「事実はどうでも、とにかく妻を悪者にしたい作戦としては不倫かな。正しくは不倫じゃないよな」

「事実はどうでも良いんだ？」

「実の子ではないのに戸籍上嫡子となってることが許せないんだろ」

「――実子でなくても嫡子として、届け出できるものなのか？」

「医師や助産師の出生証明書があれば出生届は提出できるからな。その子が実子でも養子でも役所がその場で親子鑑定するわけじゃないから、仮に養子であっても嫡子として届け出ることも可能だよ。ただしその場合、出生証明書にからくりが必要ってことになるけどな」

「……へえ」

「雅彦さんの場合は結婚後に母親が病院で出産してるわけだから、書類上はなんの問題もないんだよ。ただ、書類上の父親と実際の父親が違ってるってだけで」

「だが父親が自分の子じゃないと承知の上だとしたら、なのに父親の欄に自分の名前を書いたとしたら、それは違法じゃないのか？」

「違法だろうなあ。ただし証明はできないけどな。その時に知ってたとしても知らなかったとしても、証明するのは難しい。まあどのみち、二十年以上前の話だから民事としては時効だけどな」

「……そうか」

それにしても、「民事だとか時効だとか、日本の法律にも詳しいんだな、崎」

「っても必要最低限だぜ？　三洲がもしゆくゆく海外で生活するとしたならば、その国でなにをすると違法になるのかその辺り、当然行く前に調べるだろ？　例えば、免許があればアメリカならオレの年でクルマの運転は合法だが日本では年齢制限に引っ掛かるだろ？　郷に入ってはだからな、その程度にはオレだって調べてから来てるさ」

「国内にいるから国の決まりに無頓着ってことか？」

「そういう側面もあるとは思う。生まれも育ちも同じ場所なら、まわりに合わせてればなんとなく無事に暮らしてゆけるからな、わざわざ調べなくても」

「まあな」

「話を戻すが、ともかくさ、遠く別々に暮らさなければならなくなっても、生活費の出所が乙骨財閥じゃなくなっても、父親の愛情が変わらず自分の上にあるとわかっているなら、ちゃんと感じられるなら、実質、引き裂かれたことにはならないさ」

やがてこの世を去ったとしても、愛情は思い出から消えたりしない。――永遠に胸の内側に住み続ける。

三洲はまじまじとギイを見ると、

「もしかして崎って、とことん前向きなのか？」

と訊いた。

「いや？　普通と思うぞ？」

「……グローバルスタンダード？」

「いや、それも違うと思うぞ」

「――ふうん」

ふうん、って。

「三洲に曖昧に頷かれると、ちょっと怖いんだが」

「わかった、アメリカ人ってことだ」

三洲の結論に、返答に詰まる。実際アメリカ人なので否定はできないが、

「ではそういうことで」

それもまた違うような気もするのだが、せっかく〝前よりは嫌いじゃない〟との評価をいた

だいたのだ、ここはひとつ、妥協上手な日本人のふりをしておこう。

と、

「——しまった！　三洲、悪い！　五分とっくにオーバーだ！」

腕時計を見てギイが謝ると、三洲も自分の腕時計で時間を確認して、

「あ、ホントだ」

のんびり応えた。

〝五分で戻る〟が、かなりの嘘になってしまった。

「ごめん、こんな長話するつもりじゃなかったんだ」

「わかってるって、崎。責任の半分は俺にあるんだから、そんなに気にしなくていいよ」

ベランダの手摺りに体を預けて、「それに、たまにはいいかな、公約違反も」

崎義一のまわりには自分と違う景色が広がっている。違う時間の流れがある。物事の光の当て方も立ち位置も、いちいち自分とは異なっている。その差異が少ないものと勝手に思っていたのだが、そうではないとわかってしまった。山奥の幽閉されたような全寮制の学校の狭い校舎の片隅で、よもや世界の広さを感じることがあるとは——。

「さっきの訂正しておくよ」

三洲が言う。

「——さっきの？」

「前より嫌いじゃないと、さっき言ったろ？」

「ああ」

訂正？　え？　どっちへだ？

「やっぱり相当気に入らないな」

言って、三洲が笑った。「一生好きになれないと、確信したよ」

「……そうですか」

そんな気がしたんだよ、ちらっとさ。

「これからもずっと、目障りな存在でいてくれよな、崎」

「はいはい、わかりました」

あれ？

内容と言われ方が矛盾しているような……？

やけに清々しい表情で、三洲は大きく伸びをすると、

「田舎は空気が旨くて良いなあ」

青空を見上げる。

「星もキレイに見えるしな」

ギイも空を見上げた。

「崎はなんだって、ここへ留学しに来たんだ？」

華やかなそれまでの人生に比べたら、ここは相当地味でつまらないのではないか？

「オレは、……そうだな。一言で言うと、チャンスを逃したくなかったから、かな」

「チャンス？　何の？」

「生き甲斐」

「……生き甲斐？　大袈裟だな」

「季節ってあるじゃん、旬とか、桜は春にだけ咲く、とかさ」

「――ああ」

「人間にもあるだろ？　よく親が当てつけがましく言ったりするじゃん、子どもが可愛いのは口答えしない四歳までとか五歳までとか、そういう、人生に於ける季節みたいなものがさ」

「まあな」

生まれた時からどんなに世話してもぜんぜん懐かなくて今現在もまったく可愛げないとの発言を、常々叔母から容赦なく投げ付けられてる自分だが、さすがに四歳、五歳の時は（可愛げはともかく）見た目、可愛かったのだろうか？　――記憶はないし、自信もないが。

「食べ物もそうだけれどさ、旬は大事なんだよ。旬の時季に旬の物をいただくってのが、食の醍醐味だと思うんだよ」

「——つまり？」

「オレはさ、浮いてたわけ。いつも。年長者の中に、いつもちっさいオレがいるのさ。同級生なのに同級生じゃないんだな」

「アメリカでの学校のことか？」

「そうそう。別に、学ぶことは嫌いじゃないし、むしろ好きだし、環境として、いろんな分野の最先端の人たちが常にまわりにいたから、普通にそういう人たちの職場で遊んだりしてたから、それなりにデキが良いのは環境からしてむしろ当然なんだけどさ、同い年の友だちってのがほぼいなかったんだな」

「天才の悲劇ってやつだな」

「そうそれ。天才はともかくとして、寂しいのは否定しない」

「それで祠堂？」

「それもあって、祠堂」

「崎の本当の身元を誰も知らない環境だから？」

入学当時、ドリーミーな噂なら星の数ほど飛び交ったが、実際のところ、と言うのは、おそらく生徒の誰も知らなかった。——今も、知らない。

「同じ目線で向かい合いたかったんだよ」

「俺たちが普通に持ってる同級生を、崎も欲しかったと言うことか？」

「そういうこと」

だが一番望んでいたのは〝友人〟ではないのだが。――同じ目線の高さで、葉山託生と知り合いたかった。もう随分と前の、幼い頃、あの駅で、初めて葉山託生を見た時から、いつか友だちになれたらと思っていた。それがいつしか恋に変わるとは当時、思いもしなかったがそれでも、知るほどに惹かれる存在がこの世にいてくれる奇跡と、そういう相手とちゃんと関係を築いてゆくには彼と同じ年に祠堂に入学できることがなによりのチャンスと思われたのだ。

「へえ……」

三洲は何度となく頷くと、再び空を見上げて、「普通の同級生が欲しいなんて、天才ってかなり不自由なんだな」

「その中でも、オレは自由な方だったぜ」

両親のおかげで。「金儲けの道具にされずに済んだ」

「――崎と話してると、人生がどんどん世知辛くなるな」

「それは三洲が良い奴だからだよ」

「誉めてももう訂正の訂正はないから」

「なくて良いって」

ギイが笑う。「そんなつもりじゃないよ」

託生がここを選んだから、自分もここを選んだ。その意味では、託生にこそ感謝している。ここで知り合ったすべての人を自分の人生に引き合わせてくれたのが、託生だからだ。

「動機はどうあれ、ここを選んで良かったなあって、思ってるのさ」

ギイが言う。

ようやく少し、理解した。一番ではなく普通が欲しくて、そのためにはるばるこんな日本の僻地《へきち》へと留学して来た崎義一。道理で、順位にも権力にも興味がないわけだ。徹底して普通でいられるよう努力し続けていたということだ。言われてみればコイツは、アメリカ人なのに滅多に英語（正確には米語だが）を使わない。なんちゃって帰国子女の学生の方がよほど日常会話に英語を乱発したがる。

周囲から〝浮かない〟努力、目立ちたがり屋ばかりの中にいて、真逆の日々を送っていたのだな、崎義一。

それでもどうしても人目を惹いてしまう辺りが因果だが、

「そうだな」

三洲が同意した。――動機はどうあれ、「俺も、ここに来て良かったよ」

本意でなくとも、他人のことを深く知る羽目になる。上っ面を撫でるような対人関係ばかりの自分に、そうではない関係の人々が、ひとりふたりと増えてゆく。

見上げた空の抜けるような青さが目に染みる。――深く人を知ることは清々しいことばかりではないのだが、それでも、

『新には、合ってるような気がするんだよ』

ここへの選択を勧めてくれた父に、感謝だな。


学生寮まで全力疾走はとても楽しかったのだが、いざ寮に着いてみると駒澤も真行寺もあり得ないほど汗だくで、このまま学食行くのはどうかと思われ、

「部屋で汗流してから学食で」

と待ち合わせの約束をしてひとまず別れた。

汗を流して着替えもして、いざ夕飯！　と、学食へ向かう途中、

「真行寺くん！」

名前を呼ばれた。

駆け降りていた階段、途中で止まり、手摺りから身を乗り出して声のした上階を見ると、やはり手摺りから顔を出して、葉山託生がにこにこしながら、

「良かった、一瞬だったから見間違いかと思ったけど、やっぱり真行寺くんだった」

と言った。

「あ、葉山サン、さっきはありがとうございました！」

「え？　なにが？」

「衣装合わせ、わざわざ見学に来てくれて」

「——ああ」

そうでした。「お世辞じゃなくてホントにカッコ良かったよ、真行寺くん」

「ただし黙ってればっすよね」

託生のからかいを覚えていた真行寺が、と、返す。「でも黙ってたら劇にならないんで、ちょっとはしゃべってもいーですか？」

「セリフは別だろ？　しゃべっていいよ、ぜんぜん大丈夫」

託生が真面目に応えると、真行寺は嬉しそうに、

「ありがとございまっす！」

と、笑った。

「そうだ。急いでるとこゴメンね、これから部活なんだよね？」

270号室から廊下に出て、さてとは言えどこへ向かうべきかと思案していたら、猛スピードで階段を駆け降りてゆく真行寺を一瞬見かけたのだ。あまりの足の速さに、しかもまだ部活をしているはずの時間帯なので自信はなかったが、試しに大声で呼び止めてみた。

「や、今日は違いますけど」

「なら、ちょっとだけ時間ある？」

なんと言うラッキー。目的の人物をこんなに早く捕まえることができるとは！　しかも寮の中で！

「ちょっとだけなら」

「部屋で見せたいものがあるんだ」

「俺にっすか？」

「うん、そう」

と頷いて、託生はすっと顔を引っ込めてしまう。——つまり、今から部屋へ来るように、と言うことですか？

降りて来たばかりの階段を二階まで戻り、託生と三洲の部屋、270号室まで。

ここに三洲はいないと百も承知なので、ノックと同時に、

「失礼しまーす！」

元気に部屋に入ると、託生はさっきと同じにこにこ笑顔でこっちこっちと手招きして、

「真行寺くん、これ見て」

と部屋の隅を指さす。

「なんすか？」

促されて見てみると、床にふたつの紙袋。その中に週刊少年チャンプがどっさりと。「――なんすか、これ？」

「見ての通り、マンガ本」

「それ、見ての通り過ぎっすよ。わかります、マンガ本だってことは」

質問のポイントはそこじゃない。

「ついさっき偶然発見したんだ。三洲くんそれ、書類でカムフラージュして隠してたんだ」

「隠してたんなら俺に教えちゃマズイんじゃないすか？」

「でも真行寺くん、借りるだろ？」

「や、今は借りてないっすよ？」

「え。読むのやめちゃったのかい、マンガ？」

「だって、夏休み入る前くらいからアラタさん買ってないと思ってたっす。夏休み毎日予備校

とかあったし、マンガ買って読んでる時間なんかアラタさんにはないって言うか、――てか葉山サン？　これ、やけにキレイで新品まんまな感じなんすけど？」

「うん、ぼくもそう思う。買ってそのまま、一度もページが開かれてない感じだよね」

「読んでないのにこの量って。コレクションすか？」

「さあ？　や、ぼくに訊かないでくれよ。――夏休みに会ってた時は？　マンガの話、しなかった？」

「してないっすよ。それどころじゃなかったじゃないすか」

「それはそうだけど、――あれえ？」

どういうことだ？「読み終えたら真行寺くんに回そうと思ってて、でもぜんぜん読む暇なくて、気づいたらこんなに溜まっちゃってて、置き場所ないから紙袋ってことだと思ってたんだけどなあ？」

「でも書類でカムフラージュして隠してたんすよね？」

「うん」

「ならあれじゃないすか？　そうまでしてわざわざ隠してるってのは、いつか読む予定で続けて買ってても、それを俺には知られたくないってことなんじゃないすか？」

「えー？　そうかなあ？」

「普通、そう分析するんじゃないすか？」

「でもぼくはそうじゃないと思うんだけど」

だって三洲くん、普通じゃない。かなり強烈な屈折率の持ち主だ。通常の推測はむしろ当てはまらないような気がする。絶対に一筋縄では行かないはずだ。

読んでる暇もない本をそれでも買い続けているのは、これが真行寺と自分を繋ぐものとの意識が（無自覚にでも）三洲にあるからだと思うのだが、

「本を隠しておくのは照れ隠し、とか？」

「――葉山サン」

真行寺がさすがに呆れる。

落ち込む真行寺を力づけるためのせっかくの物的証拠のはずだったのだが、――裏目に出てる？　もしかして？

うまく説明できない。真行寺を力づけるに至らない。

「アラタさんがそんな可愛いことするわけないじゃないっすか」

的確に反論できない。

よし！　こうなったら、

「そうだ真行寺くん、これ、試しに全部持って行っちゃったら？　本がないとわかったら、そ

したらホントのところがどうなのか、きっとわかるよ」

「八冊全部っすか？」

真行寺が目を見開く。「そのアイデアはいただけないっす！　そんなコワイことできるわけないじゃないすか！」

「でも遅かれ早かれ、これ、真行寺くんのところに行くんだよね？」

三洲が読み終えたら、いつものように真行寺のところに行くんだよね。

「わかんないすよ葉山さん、もう違うかもしれないすよ？」

「じゃあ三洲くんが読み終えたらまっすぐ資源ゴミ行き？　——あり得ないよ」

「や、わかんないすよ、今のアラタさんなら」

「今の三洲くん？」

「なんか、感じ、変わったじゃないすか」

「えー？　そうかなあ？」

今も、前も、変わってない気がするけどなあ。

「俺もよくわかんないすけど、夏休みもちょっとそんな感じでしたけど、新学期になったらいよいよ受験生ぽくなったとゆーか」

受験に集中したいがために用事を片端からすごい勢いで片付けてる感じがする。傍目《わきめ》も振らずに、一心に。——自分の入り込む余地など、微塵もない。それどころか、邪魔するなと婉曲的にがんがんに矢を射られてる気さえする。

「多少気が荒くなるのは受験生としては仕方ない気もするけど……」

「なら葉山サン、例外すか？」

「ぼく？　あれ？　受験生ぽくない？」

「葉山サンとかギイ先輩とか、夏休みん時もでしたけど、ぜんぜん以前と変わんないっすね。受験、あんま心配じゃないんすか？」

「そんなことはないけど——」

心配は心配だけど、「ギイの方は知らないけど、ぼくの方はこれでもけっこう、緊張感、あるんだけど」

「すんません、伝わって来ないっす」

「そ、そうなんだ……」

それってどうなんだ？　マズイのか？　いや、でも、演出でどうにかなることでもなさそうだし……、ではなくっ！

「ぼくのことはいいんだよ！　きみと、三洲くん！」

託生は紙袋を手に持つと、「とにかく、試しに持ってって！　話はそれから！　ね!?」

強引に真行寺に押し付けた。

「あーくんが学校から家へ電話して来るなんて、珍しいこともあるものね」

本気で言われて、少し傷つく。

そこまで不義理をしている自覚はないのだが、

「元気にしてるし金の無心でもないから」

先手を打って三洲が言うと、

「そうなの？　残念。たまにはママに甘えたいのかと思ったのに」

「違います、お母さん」

「冗談よ」

母が笑う。けらけらと。

この人は、おっとりと言うか、ストレートと言うか。

消灯前の賑やかな寮のロビー、一台ずつ形ばかりの仕切りのある公衆電話ボックスのひとつから、三洲は実家へと電話をかけた。

「もしかして、文化祭のことでわざわざ電話してくれたの?」

「それもあるけど別のことで」

言いながら、心臓が大きく跳ねた気がした。「――父さんは?」

爆弾を落とす前の緊張感だ。

「今夜は接待で遅くなるって、まだ帰って来てないわよ?」

「そうなんだ……」

初めて味わう感覚だった。

「どうしたの? パパに急用?」

「急用じゃあないんだけどさ」

「伝言しておく?」

「――うん、じゃあ、伝言」

母が電話の向こうでメモする紙を探している音がした。

「あった。はい、どうぞ」

「友人が俺のDNAをサンプルとしてもらいたいって言うんだけど、提供しても良いかな?」

「でぃーえぬ……、え、DNA? って、犯罪とかの? あーくん、なにをしたの!?」

「母さん、犯罪は関係ないから。それ、刑事ドラマの見過ぎだから」

「ママ、テレビ以外でその単語を耳にしたの、初めてよ」

「俺だって、口にするのほぼ初めてだよ」

日常会話にあまり登場しない単語だ、DNAなんて。

「サンプルってなあに？　おかしなことに巻き込まれてるの？」

「そうじゃなくて……、そうじゃないけど、どうなのかなって」

「それでパパに相談を？」

「うん。俺としては協力しても良いかなって思ってるけど、未成年だし、一存で決めたらまずいかなって」

「そうね、――それはそうよね。わかったわ、パパに話しておくから」

「うん、よろしく」

「あ、文化祭の準備はどう？　ちゃんとご飯食べてる？」

「大丈夫だよ、ちゃんと食べてるし、準備だってひとりでやってるわけじゃないし」

「無理し過ぎないようにね」

「わかってる」

「パパと琴子と学《まなぶ》さんと四人で日曜日に行く予定なんだけど、あーくん忙しいのよね？　一緒に校内を回るの、やっぱり無理かしら？」

「まだわからないけど、無理っぽい感じなんだけど、なんとかするよ」

「そうしてね！　せっかく行くのに会えないの残念だから」

「そのかわり短い時間でも良い？」

「五分でも十分でもママはかまわないわよ！　ああ、良かった、今年こそあーくんに学校で会えそうだわ」

「去年も一昨年も失敗したね」

「ねー？　ホント、息子と会えないっていったいどれだけ大規模な文化祭なのかって、驚くところよね」

「規模はそんなでもないけどね」

「敷地の広さにやられるのよ。でも最大の原因は個人の呼び出しができないことかも。あの日だけはあーくんにケータイ持たせたいってしみじみ思うわ」

「ごめんうち、ケータイ禁止で」

「しかもそこ、使えないのよ？　圏外なの。知ってた？」

「もちろん知らないよ」

そうなのか、祠堂は携帯、圏外なのか。

「だから却って諦めもつくんだけどね。ケータイ使えて禁止だと、ううってなるでしょ？」

「地団駄踏む感じ？」

「そうそう。ちょっと口惜しい感じ」

「ははは」

「そしたらパパと相談して、サンプルに関してはこちらから電話するわね？　返事、文化祭の時だと遅いのよね？　わざわざ電話してきたって、そういうことよね？」

「うん、早いとありがたいかも」

「はい、了解しました。それじゃあね」

「おやすみ母さん」

「おやすみなさい、あーくん」

ぷつりと通話が切れる。

切れた途端に溜め息が洩れた。

親を相手にこんなに緊張したのは、初めてだ。

「驚いてはいたけど、耳慣れない単語に驚いてただけだったな、母さん」

DNAを調べる行為そのものに、警戒や動揺した印象はまったくなかった。

――もしかして、杞憂《きゆう》だろうか？　自分の考え過ぎなのだろうか？　それとも母はなにも知らないのだろうか？

「とにかく、もう後には退けないぞ」

無意識に震える手で、受話器を戻す。息子から投げられた球を、どう、返すのだろうか。

父は、どう応えるのだろうか。

「——でさ、真行寺を退部させるって息巻いてんだよ、あいつ」

電話ボックスから出ようとして、誰かの声が耳を掠《かす》めた。

退部させる？　真行寺を？

三洲は素早く声の主を探す。顔見知りの剣道部の三年生と、その友人。——もちろんそちらも顔見知りだ。

廊下を行くふたりに、速足で追いつき、

「退部させるって本当なのか？」

訊きながら肩を摑むと、驚かれた。

「うわっ、三洲！」

背後からいきなり肩を摑まれれば驚くのは当然だが、それが三洲ともなるといろんな意味で更に驚きである。

「さっき真行寺が剣道部を退部させられるとか、話してなかったか？」

「あ……、まあな」

「もしかして、劇が原因か？」

自分がお膳立てしたせいか？

「あー……、それが直接の原因じゃないんだけどさ」

と、放課後のあらましをざっと説明する。

「――そうか」

「無茶振りなのは間違いなくあいつの方なんだけどさ、こう、頭に血が上ったまんま収拾つかなくなって、真行寺がとばっちりを食ったというか」

「真行寺が挨拶もせず反抗するように無言で道場を出て行ったから、そんな礼儀知らずは退部させるべき、という理屈か？」

「そうなんだ。それと、三年生の沽券にかかわるから、部員の前でそう言い放った以上、あいつも引くに引けなくなってるんじゃないのかなと」

「本気で退部させるのか？」

「そこんとこはわかんないけどさ、見栄っ張りだから、あいつ」

「つまり、事情はどうあれ現実として引かないと言うことは、理不尽に理不尽の上乗せをするつもりだと言うことだよな」

運動部の劇にも出ろとはね。「退部のこと、真行寺はもう知ってるのか？」

「どうかな？　部活の時にひとりで大騒ぎしてただけで、俺たちはまともには取り合ってないけど、でも言い出したらきかない奴だから、劇の無理強いついでに真行寺に退部しろってごり押しするかもしれないけどな」

「……そうか」

「文化祭が終わったら俺たち引退なのに、なにもそんな置き土産を残すことないのになって、こっそり話してるんだけどさ」

「後味の悪い抜け方になるな」

「だろ？　後輩には気持ち良く送り出してもらいたいのにさ」

「まったくだ」

終わりがもうすぐ目の前にあるのに、終わり方を考えないのは、いかがなものか。

「真行寺がさ、得意の愛想笑いで逃げなかったからさ」

「愛想笑い？」

「ほらあいつ、三洲も知ってのとおり外見はあんなだけど中身が子犬みたいだろ？　大概の無茶はまたまたーって笑って遣り過ごしてたんだけど今回はなあ、途中までは笑って流してたんだけど、なんでかがしっと受け止めちゃったんだよ」

運動部の後輩として先輩に楯突くわけには行かないから反論こそしないけれども、そのかわり、黙って出て行ったということか。

「行動ではっきり楯突いちゃったからなあ、まずいと言えばまずいんだよなあ」

「面倒だな、運動部の序列も」

「正しく機能してる時は規律が取れて良いんだけど、こういうことが起きるとなあ、確かに面倒だよなあ」

「生徒会としては剣道部の内部事情に口出しするつもりはないが、最上級生として見本になるような対応を頼むよ」

三洲が言うと、

「お、おう」

相手はちいさく頷いて、「わかった。善処する」

ちいさく胸元で拳を握った。

部屋へ戻ってゆくふたりをその場で見送りながら、

「剣道の心得ってなんだったかな」

三洲は剣道部の道場に貼られている紙に書かれた文章を、思い出そうとした。

きっちり覚えているわけではないが、礼節がどうの、信義がどうので、常に自己の修養に努めとか、どうとか。どのみち素晴らしい心得が書かれていたはずだ。

だが、

「書かれてることを守る気がないなら、貼り出してる意味もないのにな」

なんのための剣の道なのやら。


「あれ、珍しい」

目敏い野沢に声を掛けられた。「どうしたんだい三洲、ようやくお出まし？」

「かぐや姫のオチが気になってね」

とんでもない隠し球があるのではないかと、専らの噂だ。

講堂を使っての貴重な通し稽古の機会、本番さながらに客席の電気を落とし、例年の如く金持ち祠堂学園からかなりの数のピンマイクを無料貸与していただいての音声チェックや照明の調整、出入りの段取りや衣装の袴で足捌きの練習をしたりと、やることは盛りだくさん。

暗い客席で劇の様子を見守っていた三年生の中に、野沢がいた。

部長の野沢がここにいると言うことは、

「今日は吹奏楽部も全員出てるのか？」

訊くと、

「数少ない講堂での通し稽古だからね、吹奏楽部ももちろん参加してるよ」

野沢は頷き、「三洲、衣装合わせの時に見に来れば良かったのに。見応えがあって面白かったよ」

と続けた。

「衣装合わせを見たところで何の役にも立たないからな」

「通し稽古はなにかの役に立つのかい？」

「文化祭日曜日の舞台の進行は、この劇と、運動部の劇にかかってるからな。そのふたつにもたつかれると、演目をひとつふたつ飛ばさなくちゃならなくなる」

「飛ばすのか？」

「最悪な。かろうじて飛ばさないまでもそれ以後のそれぞれの演目に協力をあおぎ、たとえば吹奏楽部に曲数を半分に減らしてくれと頼むことになる」

「ふむ。もしそうなったら、間違いなく吹奏楽部に恨まれるな」

「恨まれるだろ？　せっかくの晴れの舞台をどうしてくれると。半分ならまだしも、曲数を三分の二減らしてくれと頼む事態も発生するかもしれない」

「それは暴動レベルだな」

真面目な顔して野沢が頷く。「で、生徒会としては、要チェックと言うことか」

「これと、運動部のはね」

運動部と聞いた途端に、

「ぜひ、厳重にチェックしちゃって。採点、ばっちばちに厳しくして」

野沢が笑った。「そうだ三洲、どうせだからもっと近くに行って見れば？」

言うなり、三洲の腕を引く。

「おい、野沢——？」

見かけによらない力強さで野沢は三洲を舞台の袖へ引くと、そのまま書き割りの背景を進み御簾の裏側へと連れて来た。

「ここが一番の特等席だよ」

御簾の向こうで繰り広げられる竹取物語。

眩しいほどの明るい照明に照らし出された舞台の上で、出演者たちが皆一様に真剣な表情で段取りを覚えつつ、劇を進めていた。

「劇そのものを見たいわけじゃないから、こんなに近くに連れて来られても、却って全体像がわかりにくいんだが」

困惑した表情で三洲が言うと、

「三洲、どうせ本番は見られないんだろ？」

「ああ、見てる時間はないだろうな」

「だから今、見てあげなよ。頑張ってるよ、真行寺」

文化部の劇に出ることで、剣道部を退部させられそうになっている真行寺の状況を、既に皆知っている。かまわず真行寺は劇の練習にも、部活にもちゃんと顔を出し、淡々とそれらをこなしていることも、皆、知っている。

「真行寺に申し訳なくてさ」

野沢が言う。「真行寺の根回しを三洲に頼んだの、俺だからな」

「——そうだったな」

三洲にすれば、野沢に頼まれたからこそ、断りにくかったのも事実だ。

それで行くと、自分も同罪だ。きっかけはどうあれ、頼みを受けて直接動いたのは三洲なのだから。

「去年の運動部の遣り方は卑怯だったと今でも思ってるんだけどさ、とんだとばっちりが真行寺に向かってしまって、でも、今更真行寺なしで、とも行かないだろ？」

「……そうだな」

なのに一切、文句も愚痴もこぼさない真行寺。

「と言うことで、真行寺の雄姿を三洲に見せてあげるのがせめてもの俺の罪滅ぼし」

「なんだそれ」

三洲が笑う。

「真行寺が何も言わなければ言わないほど、真行寺にとって三洲の存在が大きいんだなと、俺にはそう見えるからさ」

「穿《うが》ち過ぎだよ」

「そうかも知れないが、前に皆で進路の話をしてて、真行寺がハードな選択ばかりするから、それだと大学に進んだら三洲と会える時間なくなっちゃうねとからかわれて、その時の落ち込みっぷりが可愛いと言うか、笑えると言うか」

「あんなにいかつい男が可愛いか？」

「可愛いだろ？」

あっさり返した野沢は、「体育大か防衛大が希望なんだってさ、真行寺」

「……へえ」

「知らなかった、三洲？」

「そういう話はしないからな」

「体力には自信があるからとかどうとか、説明してたけど、あいつならどちらも行けそうな気がするよ。打たれ強いって言うか、芯が逞しいからな。伊達にちいさい頃から剣道やってたわけじゃないよな」

「――心身を錬磨して、気力を養い、礼節を尊び、信義を重んじ、誠を尽くして、自己の修養に努め、国家社会を愛して広く人類の平和繁栄に寄与せん。だそうだ」

「なに、それ？」

野沢が目を見開く。

「剣道の心得。剣道場の壁に紙が貼られてるだろ？」

「――あったかな？　そんなの」

「気になったから、この前、見に行ったんだ。そしたら、大まかに言うと、そのようなことが書かれてた」

「人類平和に寄与？」

「防衛大はその流れだな」

明確に意識はしていなくても真行寺のことなので、自然とそういう発想になっていたのかもしれない。

「ああ、それで警察官にも多いのか？　剣道やってて警察官になる人、多いよな」

「そうなのか？」

「駒澤は、そっちに進みたいらしい。毎年文化の日に、天皇杯をかけた全日本の剣道大会があるんだけれどね、県代表がほぼ警察の機動隊の隊員で占められてるんだ」

「機動隊って、──けっこう物騒な部署だよな？」

事件が起きたら最前線で闘わないとならない部署だよな。

「でも、なくてはならない部署だよね」

野沢が言う。「ただ単に剣道を続けたいだけならなにも機動隊を目指さなくても良いと俺は思うんだけど、駒澤は多分、違うんだな。大切なものを守るためには身を挺《てい》して闘うことを信条としてるんだよ、きっと」

「駒澤は無言実行だものな」

そうやって野沢を守ろうとした。

「真行寺は有言実行だろ？　引き受けたことはちゃんと最後まで貫くし。三洲に対してあまりにへたれでなんだかいつも情けないイメージだけど、いざと言う時の踏ん張りの粘り強さには驚かされるよ」

「──つまり、なに？」

話の意図は要するに──？

「真行寺は今、三洲のために踏ん張り続けてるってことだろ？　理不尽な仕打ちを剣道部の先輩にされてても淡々と部活を続けて、文化部の劇もちゃんと頑張って、ほら」

野沢の促した先に、御簾の向こうの書き割りのかぐや姫に向かって、想いを告げる真行寺がいた。

『――かぐや姫、たとえ遠く月の世界へ戻られようとも、私のこの愛に変わりはない』

その凜とした声に、胸が竦んだ。

「あんな目で真剣に告白されたら、薄情なかぐや姫でも月に帰るのをやめてしまうんじゃないのかな」

野沢が笑う。

御簾のこちら側にでんと置かれた、大きな書き割りのかぐや姫。

もちろん真行寺は、かぐや姫の書き割りの更に後ろに三洲が潜んでいることは知らない。

「ただの劇なのに、もしこれが書き割りじゃなくて隠し球のかぐや姫だったら、帝の告白をうっかり錯覚して真行寺に惚れちゃうかもしれないよ」

冗談交じりに野沢は言い、「三洲、トップシークレットだけどさ」

と人差し指を口に立て、立てた指をそのまま客席の片隅に移して、「あそこにメガネかけたちっちゃいの、いるだろ？　脚本を広げて、真剣にメモを書き入れてる。地学部の一年生なんだけど、ものすごく化粧映えすることがわかってさ」

「――隠し球か？」

「しっ。内緒だよ。出演者にすら教えてない極秘事項だからね。当日まで隠しておくから舞台には上げないかわりに、本人、必死になって客席から段取りを覚えてるんだ」

「地学部の一年生？」

「真行寺の一連のことにえらく感動してさ、最初は隠し球になるの気後れしちゃってぜんぜん駄目だったのに、俄然やる気になってくれて」

「……そうなんだ」

「真行寺のためにも頑張るそうだよ。良いよね、こういう団結力。皆で一緒に劇を作り上げてる感じがして」

「そうだな」

同意しつつ、三洲は舞台の真行寺に目を戻した。

『不死の薬を残されても、永遠の命などあなたのいない世界で如何ほどの価値があろうか』

真行寺は手にした壺を家来に渡す。

背筋がきちんと伸びたその所作の、美しいこと。

剣道部で着慣れているせいか、袴の足捌きが半端なくスムーズで、

「袴付けたら男前度合いがぐんとアップするね、真行寺は。他が慣れてないってのもあるんだ

ろうけど、かっこいいよ。袴姿でいつも試合してるんだから、舞台の上で歩くなんて造作もないことなんだろうけどね」

野沢が手放しで誉める。

そうか、本番では、あのセリフをあの子に言うのか。

三洲は再び、客席を見て、そしてもう一度、真行寺を見た。

いっそ朝一、と決めていた。

本日は日曜日、文化祭前の最後の休日である今日は、文字通り部活も文化祭の準備もちゃんと休んで英気を養い、明日から本番まで全力で駆け抜けましょう！　の日、となっていた。

インターハイの季節や試合の直前でもなければ基本的に日曜日に部活があることはまずないので、朝一でなくとも道場には誰も来ないとわかってはいたが、終わりの時間を気にせずに打ち込むとしたら、やはり午後よりは午前かな、と。それで、せっかく午前にやるなら朝一が空気もキレイで気分も良いかな、と、思ったのだ。

案の定、剣道場に人影はなく、寮からここに来るまでの間、街へ出掛ける学生たちはたくさん見かけたが、校舎方面へ向かう学生は真行寺を除いてひとりもいなかった。

誰もいない道場は、寂しいような、清々しいような。

空気の入れ替えをするべく方々の窓や扉を開け、真行寺は額に手拭いで鉢巻きをすると、バケツに汲んだ水で雑巾を絞り、床の雑巾掛けを始めた。雑巾に両手をついて、だだだだっと端から端まで。

こういう時でもTシャツはともかく下は袴が望ましいのだが、今日は動きやすい短パンで、もちろん裸足だ。

部活ではないので、ちょっとラフ。

道場の隅から隅まで雑巾を掛け、汚れた水を捨てて、雑巾も干す。

「あー、良い汗かいたー」

持参のペットボトルの水をがぶがぶ飲み、汗を拭き、鉢巻きを締め直し、いざ、である。

竹刀を手に、道場の中央へ。

雑巾掛けで既に足は使ったので、その場で素振り。目標を決めずに、気の済むまで何回でも無心で竹刀を振り続ける。

剣道ではこんなに竹刀を振り下ろす練習をするのに、試合で上段の構えの選手はほとんどいない。竹刀を上に構えれば当然胴がガラ空きで、相手に攻めるスペースを広く与えてしまうことになるからだ。

　よほどの気迫や手練れでないと、上段の構えは難しい。だが、決まれば威力は抜群だ。大変数は少ないが、上段の構えの選手もいる。潔いまでの始めの構えに、真行寺はとても憧れる。叶うなら、そういう剣道ができるようになりたい。

　時間を忘れて竹刀を振り続け、汗だくでまた水を飲む。が、

「しまった、足りない」

　飲み切ってしまった。「水道水、詰めて来ようかな」

　と呟いた時、ころころと、床をペットボトルが転がって来た。

　──え？

　見ると、開け放した扉の脇に、三洲がいた。いつからそこにいたのか、のんびりとした風情で床に腰掛け、膝に本を開いていた。

「それ、差し入れ」

　三洲が言う。

　真行寺はペットボトルを手に取ると、

「あ。ごちそうさまっす」

　ぺこりと頭を下げた。

あんなところでなにしてるんだろ？　……アラタさん、だよな？

夢か幻か、不思議な光景を見るように、しげしげと、真行寺は三洲を眺めてしまう。

「自主練は？　もう終わりなのか？」

三洲に訊かれた。

「や、あ、まだやります、……けど」

「そうか」

軽く頷き、三洲は膝の本へ目を戻す。

——なんだ、これ？

訳がわからないが、ともかくも、自分はここへ剣道の自主練に来たので、本日の自分的ノルマをきっちりこなそう！

だが。

「アラタさん、エア面打ちの練習するんでちょっとウルサクしますけど、良いっすか？」

「雄叫び上げるくらいならかまわないよ」

三洲は本に目を落としたまま、と、応える。

「そ、そうっすか？」

きえーとか、けっこう奇天烈と言うか、かなり耳を劈《つんざ》く系の雄叫びなので、本を読むのに相当耳障りだと思われるのだが、「本人が良いと言うなら、良いのかな……？」

そもそも、先に練習を始めたのは自分だし、そもそも、ここは図書室ではなく道場なので、静かにしないといけません、の規則はないのだ。

と、いちいち理屈をこねないと先に進めないところが我ながら、三洲に対してへたれなのだがそれはもう、仕方あるまい。

だが、いざ始めてしまえば存在を忘れる。練習にいきなり没頭して、まわりのことなど気づいた時には意識にない。

喉、からから。

「まだ足りないなら、俺のをやるよ」

二本目のペットボトルの水を飲み終えた時、また三洲が声を掛けた。

「でも――」

アラタさん回し飲み、嫌いだよな。

「残り全部、お前にやるよ」

「あ。じゃ、ごちになります」

真行寺は三洲の傍へ寄ると、そこへ膝を突き、三洲からペットボトルを受け取る。「――それ、なんの本すか？」

三洲の膝の上の本。

「ん？　参考書」

「受験用っすか？」

「いや、宿題」

「あ。そっか。受験生にも宿題、出るですね」

「当たり前だ。普通に授業、やってるんだから」

「受験勉強ばっか、やってるのかと思ってたっす」

「まあ明確な仕切りがあるわけじゃないけどな。宿題も受験勉強も、同じようなことするし」

膝を突いていた真行寺はその場に正座すると、

「アラタさん、俺になんか、用っすか？」

改めて、訊いた。

「たまには会わないと、お前すぐにやさぐれるからな」

三洲が言う。

「えっ⁉　俺、別に、やさぐれてなんか——！」

と言いつつ、なんだか急に、体から力が抜けた。「俺に、会いに、来てくれたっすか？」

「そうだよ。そう言っただろ」

「へへ」

「——なんだよ、妙な笑い方して」

「俺、てっきり飼い主に捨てられたかと思ってた」

「いつ俺が捨てたんだ？」

「こう、なんとなく、自然消滅的に？」

「なんだそれ。俺は捨てる時はきっちり言うよ。これからお前を廃棄するって」

「え。——はい」

面と向かって言われたら、怖いな、それ。

びくっと背を竦めた真行寺へ、

「練習、もう良いのか？」

三洲が訊く。

「終わりっす。さすがにへとへとっす」

「どうする？　散歩でもするか？」

真行寺はじっと三洲を見て、——今の、誘われた？　誘われたのか、俺？

「しししします！　ソッコー、これ、Tシャツだけ着替えるんで、ちょっ、待っててくださいっ！」

わたわた荷物の方へ駆け寄ると、Tシャツを脱ぎ、新しいのに着替えると、バッグを手に戻って来る。

「戸締まりは？」

「してくんで、すんませんアラタさん、あの辺の木陰で」

「わかった」

三洲は本を手に立ち上がると、「三分以内」

と、真行寺に三本指を立てた。

「はいっ！」

猛スピードで戸締まりをして、道場を飛び出す。——恐らくぎり三分以内だったはず！

サンダルでぱたぱた三洲へ駆け寄ると、

「なんかお前、海水浴にでも行くみたいだな」

三洲が笑った。

とても道場で、あんなにスティックに何時間も自主練してたとは思えない。

のんびりと緑の繁る小径をどこと言うあてもなく、ふたり並んで歩いて行く。

「心技体って、なんだっけ？」

三洲が訊くと、

「んーと、スポーツ全般の心得じゃないすか？」

真行寺が応えた。

「剣道のは？」

「気剣体っす」

「ふうん……」

どちらともなく指が触れて、そのまま繋ぐ。

真行寺の大好きな、形の良い三洲の細長い指。絡めるように、きゅっと繋いで、

「まだ九月なのに、段々空が秋っぽくなってきますね」

吹く風も、八月よりは断然に涼しい。

「そうだな、祠堂は秋も冬も、早いからな」

山奥だけに。

「俺、アラタさんが卒業しても、ずっと好きでいていいっすか？」

「かまわないよ」

「やりっ！　よし！」

「真行寺、そう言えばお前、自衛隊志望なんだって？」

「へ？　あの、えー、……自衛隊志望なわけじゃあないんすけど」

「防衛大狙いなんだろ？」

「アラタさん、それ、誰から——」

「野沢から聞いたよ」

「あのっ、ってことは、その……」

もしかして、「アラタさん！　アラタさんが医学部志望だって、俺、勝手に知っちゃって、すんません！」

そのへんの話も伝わっちゃってるってことだよな！

やばい。また不機嫌になられてしまう！

せっかく、せっかく今、奇跡のように良い感じなのにっ！

「じゃあ今回は、お互い様ってことにしておこう」

だが、あっさりと三洲が言った。

「はい？」

三洲を見る。口調だけでなく、表情も、普通。

と言うことは、マジでお咎《とが》めなし？

「はいっ！　了解っす！」

勢いの良い真行寺の返答に、三洲が噴き出す。

「そうだ」

三洲はふと立ち止まり、真行寺を見上げた。「真行寺がこれ以上やさぐれないために、ひとつ、まだ誰も知らないことを教えてやるよ」

真行寺も、つと三洲を見て、

「誰も知らないことっすか？」

「俺、医学部やめたから」

「──はい？」

ええええええっ⁉「ア、アラタさんっ！　そそそれって、え、なんかあったっすか？　だって親戚の人とかお医者さんとかお父さんとかっ」

とっちらかる真行寺に、

「落ち着けって」

三洲は笑うと、真行寺の手を引き寄せた。

近づく肩に、額を当てる。

「進む理由がなくなっちゃったから、だからやめただけだよ」

「そ、そうなんすか？」

着替えたばかりの乾いた匂いのするTシャツに、鼻を埋める。

「医学部受験をやめるって、けっこ、オオゴトとか思うんすけど、そうでもないんすか？」

心配そうに訊きながら、真行寺の腕がそっと三洲の背中に回された。


昨夜のことだ。

「んー？」

置きっ放しの紙袋の、形がなんだか歪んでいる。

不審げに覗き込むと、

「ああぁっ、三洲くんごめん！　この前うっかり躓いて、袋を倒したら中の本が出ちゃって、その……」

机で宿題をしていた託生が大慌てで説明した。

「葉山、入れるの下手だな」

「う。いびつで、ごめん」

「いいって。——あ、忘れてた」

ことを思い出した。

「なに？」

「少年チャンプ。新刊買うのきれいさっぱり忘れてた。葉山、売店何時までだっけ？」

「まだ開いてると思うよ」

「だよな」

そして、小銭入れを手に部屋を飛び出したのだが、明後日の月曜日には次の新刊が入って来るのだ、

「ごめんねえ、ついさっき、最後の一冊が売り切れちゃったのよ」

と、売店のおばさんに言われるのは仕方あるまい。

「最後のって、あれですか？」

「そう。ここは取り置きしない主義だけど、入学以来毎週欠かさず買ってくれてる三洲くんのためにこっそり取っといた最後の一冊」

「――すみません、本当に今回は、どっかり忘れてて」

「いいのよ、こっちこそごめんねえ。さすがに明後日新しいの入って来ちゃうから、返本するよりはって誰かが出しちゃったのよ。おばさん気づいた時には、もう売れてて」

「大丈夫です、一号くらい抜けても話、なんとかわかるんで。次のは早めに買いに来ます」

「よろしくね、三洲くん」

そんなやり取りをしている最中に、電話の呼び出しがあったのだ。

待っていたような、——掛かって来なければ良いとどこかで思っていたかもしれない、父からの電話。

通話の制限時間内に果たして話を終えられるのか、まったく自信はなかったが、

「もしもし？」

出ると、

「新か？」

いつもの、明るく温かな父の声がした。「折り返しが遅くなってごめんな。なかなかそっちに掛けられる時間に電話できるタイミングがなくてなあ」

「仕事、忙しい？」

「まあ、普通だな。普通に忙しいよ。営業だからな、暇だと困る」

と、笑う。

三洲も笑って、

「なら今夜は珍しく帰り、早かったんだ」

と言うと、

「まだ出先、携帯からだよ。家からは掛けにくくてなあ」

母曰く、単純明快な父。息子の自分から見ていても、裏表のない人だ。

「この話、あまり母さんに聞かせたくない？」

「あまり、じゃなくて、絶対かもな」

「そうなんだ……」

父はだが、明るい声で、

「遅かれ早かれ、新には話しておかないとならない日が来るだろうと思っていたからな」

「覚悟してたの？」

なにを？

「一生話さないで済むなら、それの方が良かったけどな。よもやDNAを持ち出されるとはなあ。サンプルが欲しいという友人は、いったい何者なんだ？　普通の高校生はそんなもの、欲しがらないよなあ」

「普通の高校生じゃないんだよ、そいつ。Fグループの御曹司」

「Fグループって、――あの？」

「そう、あの」

「そんな子が祠堂にいるのか？　なんでだ？　変だぞ。学校ぐるみで騙されてないか？」

「騙されてないよ。俺も最初に知った時は驚いたというか、呆れたけど」

どういう選択で祠堂なのかと。「でも、今はかなり、納得してる」

「……そうかあ。でもだとしたら、DNAは妥当なところか」

「父さんは、俺が密かに疑ってたこと、気づいてたよね？」

だから祠堂を、家を出て全寮制の学校に入ることをすすめたんだよね。

「新が、いつも違和感のようなものを父さんたちに感じてたのは知ってるよ」

どう言えば良いのか、「魂が安定しないとでも言えば良いのかな。ここが自分の場所なのにまるで他人の場所を借りてるみたいな表情をしてた」

「ちいさい頃？」

「物心ついた頃から小学校の低学年くらいまでかな。そのうち、ひっくるめて環境に慣れて、少し落ち着いたかなと思っていたが、隠すのが上手になっただけだった」

「父さん、俺のこと、良く見てたね」

「そりゃ当たり前だろ？　父親だぞ」

「――うん」

琴子叔母に、誰にも似ていないのならば自分はオリジナルですね、と軽口を叩いたが、誰にも似ていないと言うことは、血縁ではないかもしれない、と言うことだ。

叔母にしてみたら、可愛げのない甥っ子にちょっと厭味を言うだけのつもりだったのだろうが、奇しくも、言い当てていたのである。

「できれば新には、気づかせたくなかったし、打ち明けたくもなかったよ」

「ごめんね、父さん」

「謝るようなことじゃない。父さんは、新が自分で自分のことを調べるのなら、止めはしないよ。それはきみの権利だ。誰でも自分のルーツを知りたいし、自分が何者か、知りたいよな。実の親のことも知りたい、――よな？」

「そこまでは、まだ……」

　はっきりとそう思っているわけではない。

「このことが新に知られたら、父さんはお前を失ってしまうんじゃないかと、それがとても気掛かりだったんだ。なのに、普通に話すんだな」

「うん、いろいろあったんだ」

　実の親子でなかったとしても、愛情が消えてしまうわけじゃない。その現実を、自分以外に体験している人がいた。

「こんなふうに冷静に、穏やかに話せる内容じゃないと思ってたよ」

「もっと感情論になると危惧してた？」

「父さんは新にこれでもかって責められる夢を何度も見てるよ。どうして隠してた、本当の親はどこにいるんだ、って」

「父さん、知ってるの?」

「知らないんだな、わからないようになってるんだよ」

「でも俺、戸籍だと養子じゃないよね」

「母さんはなにも知らないんだ。新を自分が生んだ息子だと思ってる」

「——そうなの?」

「死産でね、この子が駄目だったらもう子供は難しいと医師に言われてた母さんに、とても事実を伝えられなかった。出産の時にひどい状態になって、死産だったどころか母さんの命も危ないと言われて、でもどうにか持ちこたえて、——母さんにしてみたら、ようやく授かった我が子を残して絶対に死ねないと思ったそうだよ。そんな時に、出木のお義母さんが生後すぐのお前をどこからか連れて来たんだ」

「誘拐?」

「違うよ。そうではなくてね、いろんな事情で、生まれなかったことにしておかなければならない赤ん坊がいるんだよ」

「俺もそうだったのかな?」

「どうかな。非嫡出子で、当の母親が亡くなって、身寄りもなくて、赤ん坊だけ残されることもあるようだからね。施設に行くのが普通だが、公にはされないどこかで、赤ん坊の人生を別の場所で始めさせる、そういう遣り取りが行われてたりするんだよ。——父さんも、その時に初めて知ったんだけどな」

「でも違法だよね」

「そうだな。本来は墓場まで持って行くべき内容だよな」

ただ、それで救われる人がいる。ただの言い訳かもしれないが、現実に、救われる人たちがいる。

「……ばーばしか、知らないんだ」

自分がどこの誰の子なのか。

「父さんも母さんもO型で、新もO型だったから、血液型はどうにかなっても、DNAは無理だよなあ」

嘘のつきにくい世の中になっちまったな、と、笑った父に、

「でも、背中を押してくれたの父さんだ」

祠堂への入学を勧めてくれた。「一生知らずにいられたらそれはそれで良かったかもしれないけれど、俺は、やっぱり、ちゃんとわかった上で、父さんとこういう話ができて、良かったと思うよ」

「……そうかー。いつの間にか、大人になるんだなあ、——そうかー」

崎の言うとおりだ。本当のとこがわかったからと言って、愛情の記憶は消えたりしない。血の繋がりがあろうとなかろうと、自分は確かにこの人の息子だ。

「父さんが本当のこと教えてくれたから父さんだけに告白するけど、俺、前に母さんに訊かれた時、好きな人はいないと応えたけど、いるんだ、——ここに」

「ここって、祠堂にか?」

「うん。後輩」

「後輩? もしかして、……噂の真行寺くんか?」

「うん」

「——そ、そうかー」

と、沈黙。

「ごめんね父さん、不肖の息子で」

「どうして謝る? 一番大切なことを、包み隠さず親に打ち明けてくれる息子だぞ、不肖なわけがないだろう。自慢の息子だよ」

「でも、……ごめん」

「真行寺くんて、この前の夏休みに、出木のお義母さんと琴ちゃんだけ会ってるんだよな」

「うん」

「母さんが電話で話した時から好印象で、前から会いたがってたのも真行寺くんだよな」

「うん、そう」

「そっかー。うーん、だとしたら父さんも、会ってみたいなー。文化祭の時に会わせてもらえるかな」

「紹介するよ。でも、あいつを責める気持ちが少しでもあるなら――」

「責めるわけないだろ。父親として知りたいだろ？　息子が初めて好きになった相手のことをさ」

　母親だけでなく叔母の琴子にまで、人からあんなに好かれるのに友だちらしい友だちがひとりもいないことを、ずっと心配されていた息子なのだ。それもあって、父親として全寮制の高校を勧めたくらいなのだから。

「父さん、祠堂にいた時、好きな人、いた？」

「憧れの人ならな。きっとみんな、最低ひとりはそういう、尊敬したり憧れたり手本にしたりしていた友人や先輩がいただろうな」

「本気で付き合ってた人たちは？」

「いたかもしれないが、幾つか勝手な噂はあったけど父さんは確かめたことはない」

同性に恋すること、自分には理解できない感情だが、それでも、秘めた想いを白日の下に曝《さら》すのは、無粋と思う。「真行寺くんて、どんな子なんだ？」

「あいつ、馬鹿みたいにまっすぐ、俺のことが好きなんだ」

「ほお？」

馬鹿みたい、の表現に〝特別〟を感じた。かつて息子は身内を含め友人知人の誰のことも、悪く言ったり上から目線で語ったことが一度もない。

「ものすごい馬鹿だから、俺の頼みならどんな無茶でも引き受けるから、それが引き金になって、周囲の連鎖反応で、今、窮地に立たされてるんだ」

「窮地って、だ、大丈夫なのか、真行寺くん？　新の頼みが発端なら、なにか手助けした方が良いんじゃないのか？」

「最初はそう思ったけど――」

だが真行寺はこのことで、三洲に苦情を言いに来たりはしなかった。それどころか、誰にもなにも言わずに、淡々と為すべきことをし続けている。

「――けど？」

「あいつなりの戦法で闘ってるから、俺は口出ししない」

「そうか」

「うん」

「……勝てそうかな、真行寺くんは？」

「勝てると思う」

「――そうか」

即答した息子に、微笑ましくなる。

安易な発言をしない子なのも、承知している。

「父さんは、新が医学部に進みたいって言った時に、実は覚悟を決めてたんだ。新が疑問を父さんたちにぶつけるかどうかは別として、この子は始めるつもりなんだなと、思ったんだよ」

「……わかってたんだ、父さん」

「親として、複雑な心境だが、――親として、新にしてやれるのは高い学費をなんとか工面することだからな、それで父さんは更に仕事に精出してるのさ」

父の本気とも冗談ともつかないセリフに、笑ってしまった。

「ありがとう、お父さん」

今でも鮮明に覚えている。幼稚園に入った時、カバンや上履きに自分の名前が書かれているのに、自分以外にそれを使う人はもちろんいないのに、他の子たちのように、上履きの踵《かかと》を踏んだりカバンをその辺にぽんと投げたり、できなかった。

それは小学校に上がっても、中学生になっても同じで、与えられた物が誰か別の人の所有《もの》のような気がして、——物を大切に使う良い子だと大人は誉めたが、そうではなかった。他人行儀。本当に、そうだ。

それでも両親は、いつだってちゃんと、これはお前の物だと、自分に手渡していてくれた。他の誰か、ではなく、これはお前に、と。

「——名前。父さん、俺の名前って確か、父さんが付けてくれたんだよね」

「表向きは、そうだよ。お腹の子が男の子とわかって、母さんとふたりで名前を幾つか考えていたんだ。出産の後、母さんずっと集中治療室で頑張ってたから、でも出生届を出す期日が迫っていたから、ふたりで考えた中からひとつに決めようとしていた時に、出木のお義母さんが新の名前を提案してくれたんだ」

新。三洲新。——赤子と、娘夫婦に、ここから新しい人生を。「新の名前を一目見て、父さんはすごく良い名前だと思ったんだ。きっと母さんも気に入ると、直感したんだ」

……やはりそうだったんだ。この名前は、他の誰でもない、自分へと、贈られたものだったんだ。——最初にちゃんと、自分だけのものを、もらってたんだ。

梅雨の季節、葉山託生が新入生歓迎会を抜けた理由が兄の墓参りだった。——あの時は、他人事として、飽くまで他人事の範疇で、切ないものを感じたのだが、つまり自分にも、義理とは言え、亡くなった兄か弟がいたのだ。

「お墓、あるんだよね」

「あるよ。母さんには内緒で、父さんと出木のお義母さんとで、毎年の命日と、行ける時は月命日に会いに行ってる」

「いつか俺も行きたいんだけど」

「――そうだな」

「母さんも、知れば、行きたいと思うんだけど」

「……そうだな」

『まあね、祠堂はパパの母校だからそれはそれでかまわないけど、こんなことなら無理してでも、もうひとり産んでおくんだったわ』

冗談めいた口調で笑った母。実の息子の（と思っている）自分にさえ事実を隠した母は、もう子供が産めない現実を、受け入れきれていないのかもしれない。それくらい、その傷は深いのかもしれない。単純明快過ぎて面白みがないと、そんな夫だからサプライズは一生期待できないと母は笑っていたが、受け入れきれないサプライズなど一生訪れない方が良い。だが本当に知らないままで良いのだろうか。現状維持が正しい選択だとしたら、母が最後の最後まで、父のことをあの人は単純な人だったと笑っていられるように、息子の自分は父と共に最大限の努力をしよう。けれどももし違うのなら、いつか、自分が、母に事実を伝えよう。そして出木の祖母と父と母との四人で、その子に会いに行こう。

うわわわわ。

真行寺の後ろへ回した手で、Tシャツの上から背骨の辺りをすうっと撫でた。

三洲は軽く頷いて、「駒澤のことになると情熱的なんだなあ、野沢って」

「ふうん？」

内緒の内緒だが、ちょっとそれが羨ましかった。

「俺が見たのは爪痕でした。肩の後ろんとこ、つーって何本か赤くなってて」

「跡？　なんのだ？」

小声でこっそり、真行寺がバラす。

あ――、「内緒っすけど、駒澤、いっつも野沢先輩に跡、付けられてるらしいっすよ？」

「なんすか、いきなり？」

「俺、今度お前のどこかに、俺の名前書いておこうかな」

幾ら林の中とは言え、道の途中で抱き合ってるのもマズイ気がして、

「ア、アラタさん、どこか、あ、あの辺、座りませんか?」

もう少し人目が誤魔化せる場所を探す。

道なき道を分け入って、日差しの明るいちょっとした草むらに三洲を引く。

「あれ、ここ——?」

見覚えのある、雑草空間。「ここ、お前が俺を襲った場所だ」

「え? 俺、いつアラタさんを襲ったっすか?」

「突然大雨に降られてあの木の下で雨宿りしてた時だよ」

「あ——!」

思い出した。「あれって、ここっすか?」

場所までちゃんと覚えてない。なにせ真行寺は必死だった。めでたく祠堂に入学できて、この上は、なんとか三洲に想いを伝えて、なんとか三洲に近づきたかったのだ。

突然の土砂降りにワイシャツがびしょ濡れで、三洲の髪や額や口唇も、どこも濡れてて、

『わかったよ、お前、俺のことが好きなんだな』

と、うんざりとした口調で言われたのに、わかったよ、の一言を、まるっと勝手に了承方向へ誤解した。

今思い返すと恐ろしいのだが、勝手に両思いと誤解して、――手を出した。

「まさか、わかっててここに連れて来たんじゃあるまいな？」

三洲に横目で見られて、

「ちがっ、偶然っす！　たまたまって言うか、アラタさんに言われるまで、俺、わかんなかったっす！」

「猪突猛進だったからな、入学当時の真行寺は」

思い出し笑い。「俺の顔見ては、なりふり構わず〝好きです〟攻撃して寄越して」

「う。今もあんま変わってなくて、すんません」

「前から呆れてるんだけどさ」

「え、俺、呆れられてるんすか？」

「俺なんかのどこがそんなに好きなんだ？」

「え？　――え？　なんか？　なんかってことはないと思、えっと、あの、全部っすけど」

「全部って。お前、またしても自分に都合良く、俺のこと勝手に誤解してないか？」

「え。誤解っすか？　――自分に都合良く、っすか？」

そうなのか？　無意識のうちに自分は三洲新のことを、自分にとって都合の良い方向へ誤解しているのか？

都合良く？

こんなに日々足蹴にされてても好きなのに？

なにをどう都合良く誤解していると言うのだ？

「それはないと思います！」

これっぽっちも、自分に都合良くなんか誤解していないと思う。どう考えても、それはないと断言できる。

「ならお前、俺が人類殲滅《せんめつ》を企む宇宙人でも、好きでいられるか？」

「最強の悪人ってことっすね？　しかも、人間じゃないってことは、エッチできないってことっすね」

それは難問だ、と、うーむと悩む真行寺の後ろ頭をぽかんと叩いて、

「帝がそんなでどうするんだ」

叱責した。「だらしない。そんなだからかぐや姫に振られるんだぞ」

「帝がかぐや姫に振られるのは、物語がそーゆーふうにできてるからじゃないすか」

真行寺のへたれとは無関係だ。と思うのだが、「でも俺、俺が帝でアラタさんが人類殲滅を企む最悪の宇宙人かぐや姫だとしたら、そしたら俺——」

「なに？」

「かぐや姫に味方して、人類殲滅手伝います」

「──無茶苦茶だな、お前」

「そしたら少しは俺のこと、好きになってくれるかも、だし」

「人類殲滅が目的なら、手伝ったところで最終的にはお前も殺されちゃうかもしれないぞ？」

「それでも、──気持ち伝わるかも、だし」

「本当に好きなら、かぐや姫を改心させて、人類殲滅を諦めさせれば良いじゃないか。帝としての務めも果たせるし」

「改心なんて、そんな簡単にさせられないっす。誰かの気持ちを変えるのって、ぜんぜん簡単じゃないっすもん」

恋に限らず、永遠の一方通行なんて世の中にざらにある。「しかも相手、宇宙人すよ？　どこにあるのかわからない説得のツボ探してる間に人類殲滅終わってるかもだし。だったら、俺が合わせます。ホントに現実にそんなことになったら、もちろん、かぐや姫を手伝ったりしないすけど、むしろ闘うチームですけど、でも、物語の中だとしたら、俺……」

「良かったな真行寺、俺が人類殲滅を企む宇宙人じゃなくて」

三洲が真行寺を引き寄せる。「おまけに通常のかぐや姫でもないから、ずっと俺は地球にいるよ」

「でも卒業しちゃうんすよね」

三洲をぎゅっと抱きしめて、真行寺が言う。

「そりゃ、留年する気はないから卒業はするよ」

「俺もアラタさんの引っ越し手伝いたいです」

「も？　引っ越しの手伝いなんて俺は誰にも頼んでないぞ？　って言うか俺が引っ越し？　どこへだ？」

「大学受かって、春んなって、アパート暮らしとかした時の引っ越しっす。駒澤はもう、野沢先輩に引っ越しの手伝い命令されてるんす」

「早いな、根回し」

「俺もアラタさんの引っ越し、手伝いたいっす！」

「俺、医学部はやめたけど、どのみち、国公立狙いで自宅通学狙いだけど？」

「――はい？」

「親にそんなに学費の負担はかけられないからな。当然の選択だろ？」

「アラタさん、一人暮らししないんすか？」

「しない」

「えええええーっ？　しましょーよ！　俺、引っ越し手伝いたいっす！」

「なんだその理屈。駒澤を羨ましがるのも大概にしておけよ」

「むむぅ」

「むむうじゃない。相変わらずガキ臭いな真行寺」

三洲は笑って、「そうだ。悪い真行寺、事後承諾だが、俺の父親にお前のこと話したよ」

「アラタさんのお父さんに？　俺？　え、なにをっすか」

「俺とお前が付き合ってること」

「は？　――はあっ⁉」

なんすか、それ。「い、いきなりカミングアウトってことっすか？　え？　でも俺、アラタさんとは付き合ってないんじゃ？　あれ？」

「ごめんな、勝手なことして」

「や、――や、あの」

あまりの急展開に脳がまったくついて行けない。

恋人同士じゃないはずなのに、いつの間にか自分は付き合ってる相手として、好きな人の父親に伝えられてしまったと――？

それを、事後承諾？

「ちょ、アラタさんなんてことするんすか！」

「だから、悪かったって謝ってるだろ」

「けろっと言いますけどっ、とんでもないことなんじゃないんですかっ！」

「じゃあ不服なのか？」

「不服じゃないです！」

付き合ってる相手として、大好きな人が、大切な人に、紹介してくれていたのだから。

「でも父親にだけだからな。ウルサイ人々には話してないから、お前、後輩のままだからな、文化祭の時、気をつけろよ」

「文化祭？　俺、なに気をつけるんすか？」

「紹介することになったから、両親と、この前会った琴子叔母さんの夫にも」

「誰を？」

「お前を」

「誰に？」

「皆に」

「――――！」

なんてことだ。どうしてこんなに急転直下なんだ。「だってアラタさん、前に、家族には会わせたくないって」

それでひどく落ち込んだのに？

「会わせたら最後、根掘り葉掘り訊きたがる好奇心旺盛な人が約一名いるんだよ」

その琴子叔母だけではない、母も真行寺にはやけに興味津々なのだ。「バレたら最後、帰省する度にしつこくあれこれ探られるのは面倒じゃないか」

「面倒っすか？」

「面倒だろ」

「──面倒っすか？」

「嫌なら紹介はしない」

「やじゃないっす！　そうじゃなくて──」

「したくてするわけじゃないけどな、そういう流れになったんだよ。お前とはいつもこんな感じだ。いつだって俺の予定とは大違いだ。でも結果が良ければそれで良いよ」

告白の次がいきなりで、そんなつもりも気持ちもないのに、だが真行寺の腕の中にいるのは存外悪くないと思ってしまったのだ。コトの後でこてんぱんに罵《ののし》るのは忘れなかったが、結局は、笑ってしまった。体だけの付き合いならしてやるよ、と、からかった。軽い気持ちでからかったのにこれまたしっかり真に受けられ、現在に至るのだ。

「結果良ければばっすか？　でもそれって、嬉しいようなー、ちっとも嬉しくないようなー」

情けない表情の真行寺の、腹がきゅるきゅるぐーと鳴いた。「——あ!」

途端に赤面する。

「とっくに昼時だしな。学食行くか、食いしん坊?」

笑って訊くと、真行寺は未練がましく思い出の地を見回して、だが、

「はい」

ちいさく頷いた。


「……自分の部屋で読めば良いのに」

ぽつりと言われて、

「あ、起こしちゃいましたか? すんません」

かなり気をつけていたのだがやはり紙を捲《めく》る音がうるさかったかと、真行寺はマンガを閉じてベッドの向こうへ押し遣った。

同室者が不在の270号室、昼食の後でここに来て、

「日頃の寝不足が祟ったかなあ……」

三洲が天井を眺めて言う。「俺、いつの間に寝てた?」

「俺が服脱いでる間に」

「我ながら、はやっ!」

「三秒落ちならぬ一秒落ちでした」

「起こせば良いのに」

「少年チャンプ読んでたんで」

「葉山にこっそり持ってっちゃえって悪魔の囁きされたんだって?」

「そうっすけど、でも」

やはり三洲に無断では持ち出せないと、ここへ残して部屋を出た。

『読み終わったから全部持ってけよ』

と、部屋に入るなり三洲から渡された紙袋ふたつ。まるきり手付かずだったはずなのに、どんな勢いで読み終えたのか、——もしかして、今日真行寺に渡すために、昨夜のうちに全部読んだのだろうか?

日頃の寝不足、ではなく、昨夜の寝不足、なのだろうか。

俺のために——?

「ああ、でも、今週号抜けてるんだった。新刊買うのすっかり忘れてて、急いで買いに行ったら最後の一冊が売れた後で」

「それ、買ったの駒澤っす」

「駒澤？」

「あいつも週刊チャンプいつも買ってて、土曜日の夜に売店にあったから、やったーフラゲ！って勇んで買ったら売れ残りだったと」

真行寺の説明に、三洲が笑う。

「そうか、そうだよな、月曜発売で水曜日にはいつもは本、一冊も売店に残ってないからな。なのに土曜日に本が出てたら誤解するか、駒澤が誤解したの、無理ないか」

「だからあいつ同じの二冊持ってるっすよ。——俺、譲ってもらってもいいっすか？」

「今週号は真行寺の担当ってことか？」

「うん。ちゃんとお金払って、駒澤から譲り受けます」

「わかった。今週号に関しては真行寺の奢りと。——それはそうと駒澤が買ったの、どうして知ってるんだ真行寺？」

「間違えて買っちゃったけど、すぐに新刊が出るタイミングで売店に返すのマズイよなどうしようって、相談されたんで」

「駒澤って——」

「そうなんす。外見コワモテっすけど、そういうトコ、繊細なんで。間違えたのは自分だし、返したら売店のおばちゃんに申し訳ないんじゃないだろうか、とかとかぐるぐる」

「そうか、なら、相談した相手が正しかったな」

「そうっすね、――うん、そうっすね」

誉められた気がして、真行寺がへへっと笑う。

「でも同じ本だろ？　表紙の絵が同じなの、買う時に気づかなかったのか？」

「だって一週間前に買った本っすよ？　表紙がどんなだったかなんてすぐに忘れちゃうし、覚えてても毎週いろんなの見てたら、ごっちゃにならないっすか？」

「俺はならないけど」

「――アラタさん、記憶力良いっすね」

「中の企画とか、ぱらぱらっとマンガ捲ったら、既に読んだ内容だと買う前に気づくだろ？」

「フラゲできる喜びと思い込みで我先にと、ろくろく中も確認しないで買った駒澤がせっかちでした、すみません！」

「なんだそれ」

「駒澤の代わりに謝罪してみました」

「なんで？」

「……なんとなく」

「ははは」

三洲が笑う。

無防備に笑う三洲の表情があどけなくて、つい、真行寺はじっと三洲を見てしまった。

三洲も真行寺を見つめ返す。

大きく開けた窓から時折涼しい風が吹き込んで来る。

「真行寺、窓、閉めろよ」

「え？　寒いっすか？」

真行寺は機敏に起き上がると窓際へ行き、きっちりと窓を閉める。閉めたが、「でも、そしたら暑くないすか？」

振り返って三洲へ訊いた。

その三洲はベッドに起き上がり、ポロシャツを脱いでいた。

捲られて露になった肌の色を見た瞬間、――煽られた。

ごあいさつ

前回の文庫本『リスク』からの皆様には三年数ヵ月（あ、単行本での『風と光と月と犬』からの皆様とは二年半）ぶりになりますね。すっかりご無沙汰《ぶさた》しております。その間にも折に触れお心遣いをいただきまして、ありがとうございます。

久しぶりの新刊、連続刊行の一冊目は単行本の文庫化です。単行本の時は表紙が託生くんとギイでしたが今回は、満を持しての三洲と真行寺のツーショットです。これがけっこうな決断でした（わかる人だけわかってください笑）。ページ数の都合で単行本の時には中にイラストを一枚も入れられなかったんですが今回はどうにか入れられました。やはりページ数の都合で通常よりは少ないんですがそのかわり、シーンを厳選いたしました！　堪能《たんのう》してくださいね。

今回収録させていただいたのは三本で、冒頭の『ダブルバインド』これは数年前に書店配布用のフリーペーパーとして書いたものです。それを踏まえた形で本編の『風と光と月と犬』。タイトルはそれぞれ、風は三洲を取り巻く環境を、光はギイを、月は恋愛そのものを、犬はもちろん真行寺をさしております。最後に番外編の『サクラ・サクラ』これは東日本大震災の折にごとうの非公開のツイッターで自分なりにエールを込めて流したものです。こんな時にこんなものをツイートして良いものなのかぐるぐる悩んで、でも他に自分にできることはなにもなく、意を決してツイートした当日の緊張感を、今でも昨日のことのように覚えています。

来月二月一日には完全書き下ろしの新刊『Station』が特装版で発売されます。長くお付き合いくださってる読者さんの中にはこのタイトルだけでお気づきの方もおられるでしょうが、タクミくん、いよいよの完結編となります。宣伝ついでにこの先の予定ですが、不思議な主人公が活躍する単行本を出させていただくことになりました。他には現在、角川つばさ文庫で中学校の吹奏楽部を舞台にした『カナデ、奏でます！』を書かせてもらっております。そちらもどうぞよろしくなのです。

最後に、おおや和美さま、ステキな三洲と真行寺の表紙を（中のイラストもですが）ありがとうございました。いろんな意味で記念すべき一枚です！　そして、ものすごく頑張ってくれた担当さんと、ここまで読んでくださった皆様へ、改めまして。

ありがとうございました。

ごとうしのぶ

サクラ・サクラ

　長期休暇を目前にすると、なぜか何かと気忙しくなるものなのだが、

「別に、休みの前にやっておかないとならないことがあるわけじゃないのになあ」

　三洲と違って。

　彼はそれこそ寸暇を惜しんで、今夜もどこかへ出掛けている。

　今は四月の末、明日からのゴールデンウィークに（今年は九日間もある長期休暇だ！）授業はもちろん休みなのだが、部活の関係で一度も帰省しない学生がいないこともなく（もしかしたら個人戦の全国優勝を狙えそうな弓道部の吉沢あたりはインターハイの関係で、一日も帰省できないかもしれない）だがたいていは明日の朝か、数日内には祠堂を出る。

　ぼくも、明日の朝、帰省する。

「……うわ、考えただけで、どきどきしてきた」

　ボストンバッグに着替えを詰める手を止めて、天井を見上げる。

天井のその先、真上の部屋にいる人と、約束した。ゴールデンウィークの後半に一緒に旅行に行こうと。

「ふたりきりなんて、すごい、久しぶりだよ」

実際には全然すごく久しぶりなんかではなくて、ほんのちょっと前、春休みにギイと一緒に海外にまで行ったのだが、なのに、ふたりきりで過ごした時間がなぜかものすごく遠くに感じる。新学期が始まって以降あまりにいろいろあったので、あれから一ヵ月と少ししか経っていないのに、ものすごく前の出来事のような気がしていた。

だからこんなにどきどきするのだ。

「おい、葉山」

ノックもなしに、いきなり部屋のドアが開いた。

ぼくはびくりと肩を竦ませ、

「な、脅かすなよ、赤池くんっ」

つい、怒鳴ってしまった。物思いに耽っていたから、余計、びっくりした。

「悪い」

だが章三《しょうぞう》はいつものクールな調子でさらりと謝ると、「うちの宴会長様が、今夜が見頃だってさ」

と、人差し指をぴっと天井へ向けた。

「見頃って、何が？」

なんて、訊くだけヤボか？

開花の遅い山奥の祠堂学院にも、ようやく見頃の時季が訪れたのである。

「――良い感じの花見の宵だな」

夜桜を揺らして吹く風に、ギイが目を細める。

宴会と言うのはもちろんものの譬えで、四月最後の階段長会議を（わざわざ）校門の外、桜並木の下で行う、のだそうだ。

校門からバス停まで長くまっすぐに続く、年代物の見事な桜並木。施錠されている高い鉄の校門をよじ登り乗り越えて、――等という芸当がぼくにできるはずもなく、幸い、する必要もなく、どうやって入手したのか（コワクテとても訊けないが）正門の鍵をギイが開けた。が、（コワクテとても訊けないがっ！）いくらギイがスーパー御曹司だとしても、たかがイチ学生が、どうやったら正門の鍵を学校側からレンタルできるのであろうか。

はっ。もしかして、ぬす……。

「――いやいや」

慌てて首を横に振るぼくへ、

「どうした葉山?」

訝しげに章三が訊いた。

「や、なんでもない、なんでもないです」

そもそも、やたらと厳格な風紀委員長である章三が、校門の鍵についてギィにまるきり突っ込まないのだから、きっと、今回は、合法なのだ。

そうに違いない。

でも、合法って? どうやると合法? いくら階段長とはいえ、学生が普通に借りられるのか、校門の鍵? ——どきどきするぞ、別の意味で。

「それにしても抜け目がないな、ギィ」

矢倉《やぐら》が笑う。「素晴らしいまでに充実の宴会グッズ」

ビニールシートにつまみと飲み物。

「宴会じゃあない。階段長会議」

冷ややかに訂正した宴会長様ことギィは、「今回はアルコールなしだからな、矢倉」

釘を刺すように言う。

「おおっと。風紀委員長を前にそのような問題発言は控えていただきたいですなあ」

矢倉はチラリと章三を見て、にやりと笑った。

「なーにが控えていただきたいですなあ、だよ」

芝居がかった矢倉を軽く睨んで、ギイが噴き出す。「わざとらしくそんな台詞を吐くと、ポケットにこっそり缶ビールでも隠してるんじゃないかと逆に疑われるぞ。な、章三」

訊かれた章三が、頷きかけた時だった。また風が桜並木をわたって吹いた。

ざざざっと枝が揺れ、花が揺れ、真っ暗な夜へと月明かりが揺れる。

「……綺麗だなあ」

桜を見上げて、誰かが呟く。

それが合図のように、みんな、満開の桜を見上げた。

月の光に白く浮かぶ可憐な花々。

「卒業したら、こんなふうに皆で見られなくなっちまうのが残念だよな」

誰かが続けた。

――卒業？

ぼくはちいさく、息を呑む。まだ四月で、三年生が始まったばかりで、もう卒業のことを想像するのはあまりに気が早いと思うけれども、その言葉を耳にした途端、胸がちいさく切なくなった。

卒業。――別れ。

思わずぼくは、ギイを見る。

見ると彼も、ぼくを見ていた。視線が合った瞬間に、ギイがぼくへふわりと笑った。

ばーか。

口の悪いギイが、笑いながらこっそり告げる。

ついぼくも、笑ってしまった。それだけのことなのに、不安がどこかにするっと消えた。

誰よりも、大好きな人。

「あー。春っていいなあ」

ギイが大きく伸びをする。

春を迎え、これから始まる。いろんなことが。

「いろいろあっても、頑張ろうな？」

ギイが言う、ぼくへと、こっそり。

「うん」

ぼくは大きく頷いて、ギイの真似してうんと大きく伸びをした。

〈初出〉

ダブルバインド
映画化記念フリーペーパー（2010年1月）
風と光と月と犬
単行本「風と光と月と犬」（2011年9月）
サクラ・サクラ
ツイッター（2011年3月）

ごとうしのぶ作品リスト

《タクミくんシリーズ》

	作品名	収録文庫・単行本名	初出年月
《1年生》 10月	天国へ行こう	カリフラワードリーム	1991.08
12月	イヴの贈り物	オープニングは華やかに	1993.12
2月	暁を待つまで	暁を待つまで	2006.08
《2年生》 4月	そして春風にささやいて	そして春風にささやいて	1985.07
〃	てのひらの雪	カリフラワードリーム	1989.12
〃	FINAL	Sincerely…	1993.05
5月	若きギイくんへの悩み	そして春風にささやいて	1985.12
〃	それらすべて愛しき日々	そして春風にささやいて	1987.12
〃	決心	オープニングは華やかに	1993.05
〃	セカンド・ポジション	オープニングは華やかに	1994.05
〃	満月	隠された庭―夏の残像・2―	2004.12
6月	June Pride	そして春風にささやいて	1986.09
〃	BROWN	そして春風にささやいて	1989.12
7月	裸足のワルツ	カリフラワードリーム	1987.08
〃	右腕	カリフラワードリーム	1989.12
〃	七月七日のミラクル	緑のゆびさき	1994.07
8月	CANON	CANON	1989.03
〃	夏の序章	CANON	1991.12
〃	FAREWELL	FAREWELL	1991.12
〃	Come On A My House	緑のゆびさき	1994.12
9月	カリフラワードリーム	カリフラワードリーム	1990.04
〃	告白	虹色の硝子	1988.12
〃	夏の宿題	オープニングは華やかに	1994.01
〃	夢の後先	美貌のディテイル	1996.11
〃	夢の途中	夏の残像	2001.09
〃	Steady	彼と月との距離	2000.03
10月	嘘つきな口元	緑のゆびさき	1996.08
〃	季節はずれのカイダン	(非掲載)	1984.10
〃	〃(オリジナル改訂版)	FAREWELL	1988.05

11月	虹色の硝子	虹色の硝子	1988.05
〃	恋文	恋文	1991.02
12月	One Night,One Knight.	恋文	1987.10
〃	ギイがサンタになる夜は	恋文	1987.07
〃	Silent Night	虹色の硝子	1989.08
1月	オープニングは華やかに	オープニングは華やかに	1984.04
〃	Sincerely…	Sincerely…	1995.01
〃	My Dear…	緑のゆびさき	1996.12
2月	バレンタイン ラプソディ	バレンタイン ラプソディ	1990.04
〃	バレンタイン ルーレット	バレンタイン ラプソディ	1995.08
〃	After"Come On A My House"	誰かが彼に恋してる	2005.05
〃	まい･ふぁにぃ･ばれんたいん	暁を待つまで	2006.08
3月	ホワイトデイ・キス	プロローグ	2008.05
〃	弥生　三月　春の宵	バレンタイン ラプソディ	1993.12
〃	約束の海の下で	バレンタイン ラプソディ	1993.09
〃	まどろみのKiss	美貌のディテイル	1997.08
番外編	凶作	FAREWELL	1987.10
《3年生》 4月	美貌のディテイル	美貌のディテイル	1997.07
〃	jealousy	美貌のディテイル	1997.09
〃	after jealousy	緑のゆびさき	1999.01
〃	緑のゆびさき	緑のゆびさき	1999.01
〃	花散る夜にきみを想えば	花散る夜にきみを想えば	2000.01
〃	ストレス	彼と月との距離	2000.03
〃	Under Moonlight	誘惑	2008.06
〃	告白のルール	彼と月との距離	2001.01
〃	恋するリンリン	彼と月との距離	2001.01
〃	彼と月との距離	彼と月との距離	2001.01
〃	サクラ・サクラ	風と光と月と犬	2011.03
5月	恋する速度	プロローグ	2006.08
〃	奈良先輩たちの、その後	——	2004.08
〃	ROSA	Pure	2001.05
〃	薔薇の名前	誘惑	2006.08
〃	ダブルバインド	風と光と月と犬	2010.01
6月	あの、晴れた青空	花散る夜にきみを想えば	1997.11

〃	夕立	恋のカケラ－夏の残像・4－	2003.12
〃	青空は晴れているか。	恋のカケラ－夏の残像・4－	2003.12
〃	青空は晴れているか。の、その後	恋のカケラ－夏の残像・4－	2004.08
7月	Pure	Pure	2001.12
8月	デートのセオリー	フェアリーテイル	2002.12
〃	フェアリーテイル	フェアリーテイル	2002.12
〃	夢路より	フェアリーテイル	2002.12
〃	ひまわり―向日葵―	夏の残像	2004.05
〃	花梨	夏の残像	2004.05
〃	白い道	夏の残像	2004.05
〃	潮騒	夏の残像	2003.08
〃	隠された庭	隠された庭－夏の残像・2－	2004.12
〃	真夏の麗人	薔薇の下で－夏の残像・3－	2005.08
〃	薔薇の下で	薔薇の下で－夏の残像・3－	2006.12
〃	恋のカケラ	恋のカケラ－夏の残像・4－	2007.12
〃	8月15日、登校日	プロローグ	2008.05
9月	葉山くんに質問	プロローグ	2006.10
〃	プロローグ	プロローグ	2007.06
〃	プロローグ2	プロローグ	2007.08
〃	Sweet Pain	プロローグ	2008.05
〃	誘惑	誘惑	2008.12
〃	誰かが彼に恋してる	誰かが彼に恋してる	2009.12
〃	崎義一クンによる、正しいメールの送り方	誰かが彼に恋してる	2009.12
〃	恋をすれども。	暁を待つまで	2010.05
〃	風と光と月と犬	風と光と月と犬	2011.09
〃	リスク	リスク	2010.09
〃	リスクヘッジ	リスク	2010.09

《その他の作品》

作品名	収録文庫・単行本名	初出年月
通り過ぎた季節	通り過ぎた季節	1987.08
予感	ロレックスに口づけを	1989.12
ロレックスに口づけを	ロレックスに口づけを	1990.08

天性のジゴロ	——	1993.10
愛しさの構図	通り過ぎた季節	1994.12
LOVE ME	——	1995.05
緋の双眼	——	1995.09
エリカの咲く庭	——	1996.09
RED	Sweet Memories	1984
結婚葬送行進曲	Bitter Memories	1984
ホームズホーム	Bitter Memories	1984
真昼の夜の夢	Bitter Memories	1985
さり気なく みすてりぃ	Bitter Memories	1986
千夜一夜ものがたり	Sweet Memories	1987
とつぜんロマンス	Bitter Memories	1991
秋景色	Bitter Memories	1992
トキメキの秒読み	Sweet Memories	1992
天使をエスケイプ	Sweet Memories	1992
わからずやの恋人	わからずやの恋人	1992.03
ささやかな欲望	ささやかな欲望	1994.12
TAKE A CHANCE	Swe et Memories	1994
FREEZE FRAME ～眼差しの行方～	Sweet Memories	1995
Primo	ささやかな欲望	1995.08
Mon Chéri	ささやかな欲望	1997.08
Ma Chérie	ささやかな欲望	1997.08
椿と茅人の、その後	——	2004.08
たまごたち	Sweet Memories	1997
恋する夏の日	——	2000.08
蜜月	Bitter Memories	2000.08
ぐれちゃうかもよ？	ぐれちゃわないでね？	2003.08
ぐれちゃわないでね？	ぐれちゃわないでね？	2003.12
恋の胸騒ぎ	ぐれちゃわないでね？	2003.12
ぐれちゃいそうだよ？	——	2003.12
カナデ、奏でます！	角川つばさ文庫 初恋ストーリーズ	2011.11
角川つばさ文庫 カナデ、奏でます！① ようこそ☆一中吹奏楽部へ		2012.11
角川つばさ文庫 カナデ、奏でます！② ユーレイ部員さん、いらっしゃ～い！		2013.05

KADOKAWA RUBY BUNKO

タクミくんシリーズ

風《かぜ》と光《ひかり》と月《つき》と犬《いぬ》

ごとうしのぶ

角川ルビー文庫 R10-26　　18329

平成26年1月1日　初版発行

発行者――山下直久

発行所――株式会社KADOKAWA

東京都千代田区富士見2-13-3

電話(03)3238-8521(営業)

〒102-8177

http://www.kadokawa.co.jp/

編　集――角川書店

東京都千代田区富士見1-8-19

電話(03)3238-8697(編集部)

〒102-8078

印刷所――暁印刷　製本所――BBC

装幀者――鈴木洋介

落丁・乱丁本は、送料小社負担にて、お取り替えいたします。KADOKAWA読者係までご連絡ください。(古書店で購入したものについては、お取り替えできません)

電話 049-259-1100 (9:00~17:00/土日、祝日、年末年始を除く)

〒354-0041　埼玉県入間郡三芳町藤久保550-1

ISBN978-4-04-101157-7　C0193　定価はカバーに明記してあります。